Née pour Vivre

DERIOL Géraldine

Née pour Vivre

Histoire vraie

@2022, Deriol Géraldine
Édition : BoD – Books on Demand, info@bod.fr
Impression : BoD – Books on Demand, In de
Tarpen 42, Norderstedt (Allemagne)
Impression à la demande

ISBN : 978-2-3224-5509-6

Dépôt légal : Novembre 2022

A mes parents,
A mes enfants,
A ma famille,
A vous !

Le bonheur ce n'est pas la réalisation des vœux
ni la réalisation des attentes.
Le bonheur, c'est Etre !
Paulo Coelho.

La différence entre le possible et l'impossible
Réside dans la détermination qui sommeille en toi.
Gandhi.

Prenez le temps d'aimer et d'être aimé.
C'est un privilège donné par la vie.
Jacques Salomé.

Le travail à faire est de rendre visible l'Amour.
Khalil Gibran.

Préface

Géraldine m'a fait l'honneur de me confier son ouvrage que je viens de dévorer avec bonheur.

Il y a plusieurs dizaines d'années déjà que je l'ai rencontré. A l'époque, j'étais éducatrice au service d'aide psychologique de l'ITEP arc-en-ciel dans l'Ain.

Je la vois encore physiquement arrivant le premier jour de son admission, son visage caché complètement derrière ses cheveux noirs, accompagnée par ses parents démunis devant cette jeune ado qui ne faisait que fuguer et se mettre en danger.

Elle était au début de sa prise en charge comme un animal sauvage qu'il fallait apprivoiser.

J'ai eu rapidement un coup de cœur pour cette jeune fille de 13 ans très abimée et en détresse.

Grace à tout le travail thérapeutique individuel et de groupe, nous avons pus très progressivement et avec patience s'approcher de Géraldine.

Peu à peu, elle a su dépasser sa souffrance concernant sa problématique d'abandon, s'est autorisée à nous faire confiance et à se remettre sur les rails de la vie.

Je garde un profond souvenir de ces années-là avec cette jeune, très volontaire, très dynamique qui s'est toujours accrochée.

Après plusieurs années de prise en en charge (dont la dernière à temps partiel), elle est partie plus solide et confiante. Désormais elle pouvait s'appuyer sur tout le travail qu'elle avait fait sur elle et aborder sa vie d'adulte …et ses recherches.

Nous avons depuis son départ toujours été en contact. Ce lien très fort qui nous suit et ce livre que je viens d'avoir la primeur de parcourir me touche profondément.

Je mesure ô combien elle a dû une bonne partie de sa vie affronter ce traumatisme d'abandon à sa naissance.

J'ai une profonde admiration pour son parcours très courageux et sa force incroyable de résilience.

Son histoire personnelle qu'elle relate avec beaucoup d'émotion et de finesse rend son témoignage bouleversant.

Je tiens à la remercier moi aussi pour sa grandeur d'âme et sa ténacité malgré l'adversité.

C'est une rencontre pour moi qui compte particulièrement dans ma vie.

Le 7/11/22 Marie Meunier.

1/

ICI ET MAINTENANT

Je m'appelle Hope. J'ai deux heures et je suis en vie.

Il est minuit ou un peu plus ; qu'importe, mon petit cœur bat. Je dors, mais pas totalement. J'entends des voix qui s'agitent et que je ne reconnais pas. Des odeurs que je découvre. Mes yeux s'entrouvrent. C'est un peu flou ! Des ombres bougent autour de moi. Je suis là, dans ce berceau.

Seule.

Où suis-je ? Maman ? Où es-tu ? Je ne t'entends plus. Cette voix qui me berçait et me rassurait durant ma vie intra-utérine, où est-elle ? J'ai peur... Enfin je crois.

Mon arrivée sur cette terre, dans cette vie, est un miracle. Je ne devais pas naître, mais je suis là, en vie et je vais vivre la plus belle des vies qu'il est possible d'imaginer !

Tout commence dans le ventre de ma mère. Elle est belle, jeune et amoureuse. Mon papa est lui aussi, beau, jeune et amoureux. Tellement amoureux, qu'ensemble, malgré leur âge et leurs cultures différentes, ils décident de s'aimer. S'aimer si fort au point de créer la vie. Peu importe les embûches. Durant neuf mois, ces deux jeunes, à peine majeur pour lui, et mineure pour elle, vont vivre d'espoir, de bonheur, et de projets à deux, à trois avec moi.

Il est minuit ou un peu plus, et je suis en vie...

Ma maman, je la cherche, du haut de mes quarante-six centimètres, des petits cheveux tout noirs et en pagaille, des yeux noisette, je crie et j'appelle... ma maman. Dans mon berceau transparent et aseptisé, j'attends que des bras emplis d'odeurs familières, des voix entendues durant ces neuf mois, viennent, me prennent, me rassurent, et me sécurisent. Mais tout cela n'arrivera pas, ou en tout cas, pas tout de suite. C'est comme ça, c'est ce qui a été décidé pour moi.

À mes parents, le médecin annoncera mon décès.

C'est ici que va démarrer ma vie.

En effet :

Neuf mois plus tôt, après plusieurs années de flirt amoureux, de virées à deux, c'est avec une folle envie de s'aimer que ces deux jeunes, Sylvie et Alexandre, âgés de seize et dix-sept ans, se retrouvent un soir. Ensemble ils décident de vivre leur première nuit, ici, dans ce grand hôtel connu de la région. Alexandre est un jeune homme travailleur. Les cheveux bruns, de corpulence mince, de grands yeux noirs. Il est d'origine manouche et fou amoureux de cette Sylvie, seize ans. Une jeune fille aux cheveux châtain, pas très grande, de corpulence normale et aux yeux couleur noisette. Le jeune homme a économisé durant des mois sur son petit salaire pour offrir à sa belle ce week-end end à deux. Sylvie est issue d'une famille bourgeoise de la région. Elle est encore au lycée. Son cœur est habité par Alexandre depuis bien longtemps. Ses parents commerçants connaissent la relation que leur fille entretient avec ce jeune Manouche. Ils sont contre, ils ne l'aiment pas. Ses origines ne sont pas celles qu'ils souhaitent pour leur fille cadette. « Pas de Manouches dans la famille ». C'est leur barrière, leur limite infranchissable, et la règle imposée à leur enfant. Mais l'amour ne se commande pas, ne se dicte pas. Malgré les critiques abruptes de ses parents sur cet homme qu'elle aime tant, Sylvie va découcher pour la première fois et vivre son amour comme elle le rêve. Libre.

Quelques semaines plus tard, la jeune fille découvre qu'elle porte en elle la vie. Une réalité qu'elle rêvait, qu'elle attendait malgré son jeune âge. Une découverte merveilleuse, dont Alexandre est le premier averti. Les parents de Sylvie n'en sauront rien... en tout cas pour l'instant. Les deux tourtereaux ne connaissent que trop bien l'opinion négative qu'ont ces adultes sur leur amour grandissant. Alors, aujourd'hui, ils décident d'attendre que le ventre de Sylvie s'arrondisse pour annoncer ce bébé en devenir. Il est plus doux de s'imaginer que rien n'y personne ne pourra arrêter cet amour unique et vivant. Les parents d'Alexandre eux, sont mis au courant. C'est avec une joie immense que ce bébé est attendu et Sylvie accueillie au sein de cette famille aux origines nomades. Une famille ouverte aux autres quelles que soient leurs origines, remplie d'amour, travailleuse, musicienne, heureuse, c'est comme cela qu'à cette époque, cette belle tribu est décrite. Pour Sylvie, c'est un peu sa deuxième famille, elle y est aimée et intégrée. Des semaines et des mois passent. Les amoureux vivent deux vies en même temps. Celle de jeunes presque insouciants, et celle de futurs parents ! Le regard protecteur et bienveillant de la famille d'Alexandre les rassure. L'ignorance de celle de

Sylvie les inquiète. Le ventre de Sylvie s'arrondit doucement mais de plus en plus visiblement ! La vie grandit en elle. Ce qui était jusqu'alors invisible sous de larges pulls, devient difficile à cacher.

Il est temps d'annoncer l'invraisemblable !

La maman de Sylvie découvre avec stupeur le bonheur dissimulé de sa fille. Les vêtements, même amples, ne cachent plus la vie qui s'annonce. C'est avec un désaccord total et en apparence absurde, que ces parents, aux *a priori* remplis de préjugés, vont enclencher une injustice sans nom.

Ils sont fous de colère, bourrés d'inquiétude et leur décision est sans appel. Dorénavant, Sylvie va être interdite de sortie du domicile familial. Prisonnière chez elle, les contacts avec le papa de son futur enfant sont anéantis. Détresse, solitude et peur deviennent le quotidien de la future maman. Sylvie ne comprend pas : pourquoi tant d'intransigeance dans le cœur de ses parents ? Pourquoi cette intolérance à la différence ? À seize ans, il n'y a que peu de place pour entendre l'inquiétude des adultes autour d'elle. La jeune fille est perdue. C'est seule et dans ce climat si difficile qu'elle passe toutes ces semaines à aimer cet enfant pas encore né, le protéger, et doucement négocier un apaisement avec sa famille réticente. Rien n'est gagné. Seul le suivi de la grossesse lui permet de rares sorties.

Le ventre de Sylvie s'arrondit toujours un peu plus.

Je m'appelle Hope. Une vie en négociation.

Il est tard ce soir. La jeune fille entend une discussion entre ses parents, qui veillent ensemble dans le salon de cette belle maison bourgeoise. Sylvie, cachée derrière la porte, écoute, abasourdie, les échanges oraux de ceux-ci. Le soleil c'est couché et c'est dans ce début de nuit d'automne qu'elle apprend qu'un rendez-vous est pris hors des frontières de France. Une IVG est programmé. Sylvie doit avorter. Ce n'est pas son choix, mais celui de ses parents. Elle est mineure, il est manouche. Les futurs grands-parents s'opposent formellement à cette petite vie qui, doucement, grandit. Leur décision est prise et irrémédiable. Cet amour est hors des normes. Ils ne le veulent pas, le rejettent et sont prêts à le faire disparaître définitivement.

Mais, à seize ans, les interdits ne font pas peur. Ils deviennent même bien souvent un moteur pour ces adolescents au sentiment d'invincibilité ! Sylvie, apeurée, s'enfuit. En quelques minutes elle fourre quelques vêtements ainsi que des affaires de toilette dans un sac et sort en pleurs de chez elle.

C'est mon enfant, vous n'aurez pas mon bébé ! hurle-t-elle au fond de son cœur.

En larmes, elle rejoint le père de l'enfant qui, de son côté, ignore tout de ce qui est en train de se jouer. C'est en pleine nuit, les yeux remplis de désespoirs que Sylvie, terrorisée, sonne à la porte d'Alexandre.

- C'est moi ! Ouvre, s'il te plaît.

Alexandre, qui débutait sa nuit, fait entrer son amie sans imaginer ce qui l'attend. Sylvie se calme, apaisée par la présence de son homme. Puis c'est autour d'un café réchauffé qu'elle explique ce qui se trame juste derrière leur dos. En découvrant ce plan macabre, Alexandre est hors de lui. Comment est-il possible de programmer un avortement dans le plus total secret ? Pourquoi tout cela ? Il travaille ! Il est capable d'assumer une famille ! C'est un rêve, un choix de vie et une grossesse désirée !

Non, personne ne touchera à cette famille qu'il est en train de fonder.

Cette nuit-là, ils la passent à réfléchir, à se rassurer et à se projeter, coûte que coûte, dans leur avenir. Par peur d'être retrouvés, ils décident que Sylvie doit être accueillie au sein d'une maison d'accueil mère-enfant dans la région lyonnaise.

Trois jours plus tard, c'est en urgence que la jeune fille fait son entrée dans cet établissement aux valeurs humaines et bienveillantes. Une chambre douillette lui est attribuée. Des professionnels sont là pour l'épauler, la rassurer et l'aider dans les diverses démarches administratives essentielles et obligatoires qui précèdent la venue d'un nouveau-né. Elle vit, rit malgré la situation dramatique, se fait des amies. En somme, elle redécouvre une vraie stabilité.

Le futur accouchement est organisé.

Alexandre, resté quatre-vingt-dix kilomètres plus au nord, pour son travail, fait la route trois fois par semaine. Quelques instants pour se voir, s'aimer, se réconforter et faire des projets de famille. Il lui rapporte des cigarettes, des friandises, des vêtements. Il gâte sa bien-aimée, la maman de leur futur bébé. Le soutien des parents de Sylvie est absent, mais celui des parents d'Alexandre est, lui, bien présent.

Peu avant la naissance, c'est une chambre entière de bébé que les futurs jeunes parents commandent pour leur enfant. Dans un premier temps ils logeront chez les parents d'Alexandre. Puis, tranquillement, leur objectif est bien sûr de se trouver un nid douillet. C'est leur projet de famille futur. Un projet qu'ils ont pensé et mûri avec l'envie folle et si belle de s'aimer pour l'éternité !

Mais revenons au présent.

Sylvie va bientôt devenir maman.

Les premières contractions arrivent et alertent la jeune femme sur l'imminence de la naissance. Alexandre est prévenu. Il quitte son travail en urgence, son patron est au courant de cet heureux évènement et laisse le futur papa filer à la maternité. Après un détour rapide chez ses parents pour, prévenir de l'arrivée prochaine du bébé, Alexandre roule rejoindre sa belle, déjà en route pour l'hôpital. Il ira vite, un peu trop d'ailleurs ! Son cœur bat aussi fort qu'il roule à toute vitesse. Dans sa tête, il s'imagine déjà avec son bébé dans ses bras. Les premiers sourires de son enfant, ses premiers pas, sa première rentrée. Il est heureux comme jamais il ne l'a été.

Cette Sylvie, il l'aime plus que tout. C'est pour lui comme une évidence de fonder une famille avec elle. Une certitude qui, aujourd'hui, promet de se réaliser.

Sylvie, de son côté, est accompagnée à la maternité par une professionnelle de la maison d'accueil mère-enfant. Elle s'étonne, en chemin, du changement de lieu de son accouchement. Mais les douleurs sont vives. Elle ne fait pas cas de cet imprévu et gère comme elle le peut la souffrance physique envahissante.

Le trajet est long, plus long que prévu.

Sylvie est mineure, et quelque temps auparavant, ses parents ont laissé des recommandations à la directrice du foyer ou l'ado a été suivie. Ils ne souhaitent pas que leur fille accouche à l'hôpital, mais préfèrent une clinique privée. C'est là que Sylvie est conduite.

Chez les parents d'Alexandre, c'est l'effervescence. Tout le monde attend avec impatience le premier cri du nouveau-né. Leur premier petit enfant !

Pour la première fois de leur vie, ils vont devenir grands-parents ! Ils sont déjà comblés par ce bébé qui n'est pas encore né. Et puis il y a les frères et sœurs du jeune homme. Au total cinq futurs oncles et tantes, pour aimer à l'infini cet enfant désiré.

Petit être, presque arrivé, n'a pas d'inquiétude à se faire, il sera aimé, infiniment aimé.

Il est un peu plus de minuit, ce douze avril…

Je m'appelle Hope. Je suis en vie.

Je respire pour la première fois la douce odeur de la vie. Ma vie. Qui l'aurait cru, il y a encore quelques mois de cela ?

Un accouchement psychologiquement difficile. Sylvie a mal, s'inquiète. La salle d'accouchement est froide, mais le personnel est attentionné et prêt à soutenir cette toute jeune maman, à l'aider à faire connaissance avec son premier enfant. Le travail est relativement rapide pour une première fois ! Sylvie pousse fort, pense à son enfant, au papa, à son futur si proche qui peu à peu devient réalité. La jeune fille fatigue, pleure de douleur, de peur, mais au bout de quelques heures l'enfant naît : c'est une fille. Le nouveau-né ne crie pas. Il est emporté, dans les bras d'une puéricultrice, dans la salle d'à côté, pour les premiers soins. C'est la procédure. Sylvie le sait, mais l'inquiétude grandit avec le silence de son enfant tout juste né. Elle pose des questions, le personnel la rassure et elle lui fait confiance.

Doucement elle reprend ses esprits, bercée par l'impatience de rencontrer enfin sa petite fille. Une infirmière vient lui demander comment elle souhaite prénommer son enfant.

Hope.

C'est comme cela que ce trésor s'appellera désormais. De l'autre côté, dans le couloir de la maternité, Alexandre est arrivé. La toute jeune maman le sait proche et se sent rassurée. Ce qu'elle ignore, c'est l'interdiction qui a été prononcée à l'homme qu'elle aime d'approcher sa belle. Il a été sommé de rester à l'écart par le père de Sylvie.

Et pour cause :

Les futurs grands-parents maternels ont été prévenus par la maison d'accueil mère-enfant de l'arrivée rapide du bébé. C'est normal : leur fille est mineure, et même si elle devient à son tour maman, aujourd'hui, ses parents ont encore un droit parental sur elle. Arrivés sur place bien avant Alexandre, ils interdisent au père de s'approcher de la salle d'accouchement et lui ordonnent de rester à l'écart. C'est leur fille et ils ne souhaitent aucun lien avec le père de l'enfant. C'est un fait, ils imposent leur présence au détriment de celui qui rêve de cet instant depuis neuf mois.

Alexandre obtempère. Il n'a pas le choix et, honnêtement, à cet instant, plus rien ne compte. Il est heureux, fou d'impatience. Alors, les parents de Sylvie, il en fait abstraction. Ce n'est pas sa première préoccupation. Alexandre est un pacifiste et au fond de lui, il fait confiance au temps pour arranger leurs différends.

Il attend, fait les cent pas entre l'intérieur et l'extérieur du bâtiment, guettant le moindre signe de l'équipe médicale.

Je m'appelle Hope. Ma vie est prise en otage.

Mais pourquoi donc tant de haine ? se demande Alexandre, ce futur papa déjà comblé !

Le jeune homme ne le sait pas encore, mais il va bientôt vivre un tsunami, un cauchemar, une épreuve insoutenable qui le marquera pour toujours.

Les parents de Sylvie ont, en effet, des raisons bien à eux pour expliquer leur volonté de ne pas laisser approcher Alexandre trop près de la salle ou est née la petite Hope.

Une raison déterminante pour une décision hors de toute raison : celle de rejeter le nouveau-né.

Il est un peu plus de deux heures du matin, ce douze avril.

Sylvie n'a toujours aucune nouvelle de son enfant. Ni du papa. Aucune réponse claire ne lui est apportée. Elle sait pourtant que sa fille est vivante, pas loin d'elle.

Rappelez-vous, on lui a demandé le prénom !

Quand, soudain, un médecin entre dans la pièce. Le visage fermé, angoissé même ! Sylvie ne comprend pas. En quelques instants, pas encore remise de son accouchement, des rêves plein le cœur et des projets plein la tête, la jeune fille s'écroule de douleur. Le médecin vient d'annoncer à la toute jeune maman que son enfant est décédé. Sans raison particulière à lui apporter.

Hope est morte.

Un trou noir envahit alors la jeune fille. Son cœur s'emballe, son corps s'agite, des cris de douleur résonnent dans la pièce, et même par-delà les murs ! Dans un courage inouï et une volonté incroyable, Sylvie demande à voir son enfant. Morte. Mais le médecin n'accède pas à sa demande, prétextant des raisons de protection psychologique de cette ado devenue maman. Ses parents vont lui prêter main forte en faisant mine d'accompagner ce deuil soudain qui lui est imposé.

La jeune femme, bouleversée, et pleine de rébellion quant à l'interdiction qui lui est formulée de voir son enfant, entre alors dans une fureur incontrôlable. Sylvie doute : et si c'était son jeune âge qui était responsable de la mort de son bébé ? Une culpabilité effroyable l'envahit. Face à cette détresse insoutenable, le médecin lui administre des calmants puissants, afin de l'apaiser un moment.

Sylvie s'endort ….

De l'autre côté, Alexandre s'impatiente.

Enfin, au bout de plusieurs heures, un médecin vient le trouver.

- Bonjour, Monsieur, vous êtes le papa de Hope ? »

Alexandre répond fièrement que c'est bien lui !

C'est dans ce hall d'hôpital, sans aucune intimité professionnelle que le jeune homme apprend la pire des nouvelles. Sa petite fille vient de succomber. Aucune raison concrète ne lui est apportée à lui non plus. Rien. Juste un fait : sa fille n'est plus de ce monde. Alexandre s'écroule de douleur, fond en larmes, démuni, seul. Que se passe-t-il ? Il ne le sait pas. Il y a encore quelques minutes, il se projetait dans un avenir familial, avec son enfant, la maman du bébé, heureux. Le voilà à terre, terrassé de douleur, incapable de bouger, empli de détresse.

- Où est Sylvie ? Je veux la voir, demande-t-il entre deux sanglots. Comment va-t-elle ? Mon enfant, je veux voir mon enfant !

Le médecin hésite, ne sait pas quoi répondre. En amont a eu lieu une discussion entre lui et les parents de Sylvie. Un accord a été passé. Comment réagir devant une telle détresse ?

Le papa de la jeune maman, posté à proximité, intervient dans la foulée, interdisant formellement au jeune homme tout contact avec sa fille, endormie à ce même moment.

- Ma fille se repose ! Vous n'avez plus rien à faire avec elle ! Sortez !
- Mais, Monsieur, je suis le père de Hope ! Et j'aime votre fille ! Vous le savez ! Nous ne faisons rien de mal à part nous aimer ! Laissez-moi la voir s'il vous plaît !

Alexandre ne sait plus, envahi par une douleur sans nom, sans comparaison. Il accepte de ne pas voir sa douce, fait confiance au médecin et au papa de Sylvie. Qui pourrait douter d'une telle situation ? Personne. Le jeune homme s'assoit un moment, dehors, là, sur les bancs qui jouxtent le bâtiment. Il pleure. Son esprit est vide, ses idées se bousculent, ses rêves, d'un seul coup, s'écroulent. Il était venu ici pour être papa. Il va en repartir *papange* – papa d'un ange.

Je m'appelle Hope. Non je ne suis pas morte !

Sylvie se réveille peu à peu. Quelques heures se sont écoulées. Ses yeux s'entrouvrent doucement, remplis de larmes. Elle n'a pas oublié les raisons de sa peine. Son enfant est mort. La jeune femme, ne comprend toujours rien à ce qui a pu se passer, en si peu de temps.

Ses parents sont là, près d'elle, dans cette chambre aux murs blancs fraîchement repeints.

- Maman, je veux voir Hope, je veux voir mon bébé », sanglote-t-elle, inconsolable. Et puis de rajouter :

- Alexandre, je veux voir Alexandre, je veux lui dire, pour notre bébé. »

Pour seule réponse, on lui rétorque qu'Alexandre est parti après avoir appris la triste nouvelle. Pourtant le jeune père est encore là, en bas. Il attend, seul, ses parents qui avaient prévu de venir quelques heures après la naissance. Ils ne savent pas que leur petite fille est décédée. Alexandre se chargera de leur apprendre cette odieuse réalité.

Profitant de ce moment de détresse, les parents de Sylvie font signer à leur fille un acte d'abandon. Hope n'est pas morte. Hope est vivante. Les grands-parents maternels ne voulaient pas de cet enfant. Ils l'avaient dit, imposé et avaient minutieusement organisé un avortement loin des regards et des qu'en dira-t-on. Mais la jeune fille, libre et déterminée, avait fui ce foyer dans lequel son enfant était menacé.

Ses parents ont décidé de ne pas en rester là. C'est donc sans le savoir, à moitié endormie, *shootée* par les tranquillisants, que Sylvie signe ce document, lui enlevant à priori définitivement son enfant tout juste né.

Il faut savoir que lors de la signature d'un acte d'abandon, il est stipulé que la maman peut revenir sur cet engagement dans les trois mois suivants. Dans ce cas, l'enfant lui est rendu.

La jeune maman ne sera pas avertie de cette possibilité. Elle n'a que dix-sept ans. En quelques heures, elle a donné la vie, a vécu le traumatisme de la mort annoncée de son enfant sans même pouvoir le voir et a signé sans le savoir un acte d'abandon.

Je m'appelle Hope. Une signature pour sceller un destin.

Alexandre ne reverra pas la mère de son enfant pour l'instant. Mais plus tard… bien plus tard… Ses parents arrivent. C'est les yeux rougis et gonflés de larmes que le jeune homme se jette dans les bras de sa mère.

- Maman, Hope est morte ! Je n'ai pas le droit de voir Sylvie. Son père refuse !

Ses parents, assommés par cette annonce, tentent de franchir la porte de la maternité et demandent à voir Sylvie et le bébé. Mais la réponse est sans appel :

- Non, Monsieur, Madame, vous ne pouvez pas voir mademoiselle C. Quant à l'enfant, nous ne savons rien. Désolée, vous devez sortir. Mademoiselle C. vous contactera lorsqu'elle se sentira mieux.

L'entrée au sein de la maternité leur est donc refusée. Alexandre et ses parents acceptent malgré eux, l'injonction.

Acculés par la tristesse et l'incompréhension, ils ne veulent en aucun cas provoquer un éventuel conflit, en insistant trop.

La famille, détruite, reprend la route pour rentrer chez elle. La détresse est infinie. Le choc est colossal. Alexandre est effondré de douleur.

Au même moment, Sylvie vit la même détresse, la même incompréhension que rien ne peut apaiser.

Elle ignore l'interdiction de la voir concernant l'homme qu'elle aime et se sent doublement seule. Elle ne comprend pas l'absence d'Alexandre. Pourquoi n'est-il pas venu ? Une question qu'elle se posera des mois entiers, avant de découvrir enfin la triste vérité...

Détresse, angoisse, désespoir, peur. Des émotions qui envahissent d'un coup le cœur de ceux qui, durant neuf mois, ont protégé, aimé et tant espéré ce bébé.

Je m'appelle Hope. Maman, je suis vivante !

Mais c'était sans compter sur le premier cri du nouveau-né, preuve de l'adaptation à la vie extra-utérine, symbole d'une folle envie de vivre. Des Everest à gravir, en passant par les tsunamis soudains, c'est ce qui t'attends, petite Hope. Tout cela, tu l'ignores, en cet instant. Seule compte maintenant la volonté de prouver ton existence, ta vie. Cette vie merveilleuse, qui te tend les bras et que tu t'apprêtes à savourer de plein cœur.

Hope n'est pas morte.

Elle est là, dans la pouponnière.

Seule, la mère de Sylvie, se rend auprès du bébé tout juste né. Cette femme, qui souhaitait supprimer l'enfant, a l'indécence de s'approcher de cette minuscule vie. Pour en n'exprimer qu'une seule chose : « C'est bien une Manouche ! Elle a des cheveux plein la tête ! »

Mélange de racisme, de haine et d'intolérance...

Je m'appelle Hope. Accroche-toi, petite.

Sylvie ne va pas bien. Son séjour à la maternité prend fin. C'est sans son bébé qu'elle rentre chez elle. La jeune fille se prépare à survivre à un deuil impossible. Sans le soutien pourtant espéré de ses parents.

Les jours passent. La jeune femme s'apprête à sortir. Elle veut retrouver Alexandre, elle en a besoin. Mais au moment de franchir le seuil de la porte, une voix l'arrête net :

- Sylvie, tu ne peux pas sortir. Les médecins souhaitent que tu te reposes, tu le sais. Allez, reste avec nous. Tu auras bien le temps de retrouver tes amis. »

Sylvie insiste mais c'est peine perdue. Elle est mineure encore pour quelques semaines. Ses parents auront le dernier mot... cette fois encore.

Un mensonge de plus, pour une séparation sans retour.

Alexandre, de son coté, ravagé par la douleur, tente de rester en contact avec la femme qu'il aime tant. Des coups de sonnette à la porte de la maison familiale aux attentes, des heures durant, au coin de la rue de sa belle, le jeune homme tente tout pour avoir des nouvelles de Sylvie. Sans succès. Il est même refoulé par ses parents. Leur haine est cruelle, injuste et inexplicable. Alexandre fait les frais de préjugés. Il est prié d'oublier cet amour impossible.

Plus de bébé, plus de raison de s'aimer...

Ces deux jeunes adultes tentent de survivre à ce bouleversement émotionnel, cette absurdité sans nom, ce cauchemar en pleine réalité. Entourés de leurs familles et de leurs amis, c'est lentement, petit à petit, qu'ils réapprennent à vivre, autrement, loin des rêves qu'ils avaient faits à deux.

Sylvie vit des souvenirs traumatisants de cet accouchement dont elle ne se souvient que trop peu. Le choc de la situation lui a fait perdre en partie une mémoire rendue trop douloureuse. Des journées à pleurer cette petite fille... décédée. Des heures à penser à cet amour... vain. Des semaines pour reprendre peu à peu un quotidien qui ne sera plus jamais normal, banal, innocent.

Seule dans cette maison familiale aisée, elle ne manque matériellement de rien, mais sa chair est ouverte, à vif, son cœur est détruit, ses pensées se bousculent.

Il lui manque l'essentiel : son enfant.

Repartir, se redresser, se réinventer, sans jamais oublier, c'est ce qu'elle va vivre chaque jour, chaque semaine, chaque mois, qui à partir de cet instant, vont se succéder éternellement.

Alexandre, lui, se replonge dans le travail. Bouger, s'occuper, s'épuiser, pour ne plus penser. Son bébé décédé, son premier amour, l'amour de sa vie devenu interdit. Deux deuils impossibles à faire.

C'est effondré de douleur qu'il rend lui-même cette chambre d'enfant commandée quelques semaines plus tôt. Un petit appartement en colocation va lui permettre de trouver le soutien dont il a tant besoin.

Revenons sur cette première journée de vie, avec le regard de Hope.

Je m'appelle Hope. Nous sommes en avril, le douze exactement, il est tôt ce matin, et je suis en vie...

Je passe quelques jours ici, dans un petit berceau sans odeur. Des murs aux couleurs pastel, des bras que je ne connais pas, des voix qui m'étaient jusqu'alors inconnues. Ma maman ne viendra pas, mon papa non plus. Pour eux je suis morte. Une réalité est en train de se jouer, à l'insu de mes parents, et dont je vais devoir m'accommoder quoi qu'il arrive.

C'est mon premier jour de vie.

Nous sommes le douze avril, il est tard ce soir, je suis une enfant née sous X.

Les jours passent, les semaines aussi, je suis placée à la pouponnière du département de ma naissance, en attente d'une adoption qui ne saurait tarder. Il y a tant de parents en mal d'enfants. Des prénoms me sont donnés. Accolés à Hope, ce sont eux qui me permettront un statut, une existence.

Je grandis doucement. Mon petit poids de naissance me place dans la catégorie des enfants hypotrophiques. À la pouponnière, je suis aimée et entourée. Des petits lits jaunes, à barreaux, sont alignés dans les chambres peintes de tons doux et apaisants. Pas loin se trouve une salle d'activités. C'est ici que les nourrissons en attente d'adoption commencent leur éveil à la vie. Des jouets et des tapis aux couleurs gaies jonchent le sol. Ici et là, des adultes bienveillants et aimants tentent, avec beaucoup d'amour, de rassurer ces petits êtres en absence de repères. Un référent est attribué à chaque enfant dès son arrivée. C'est lui qui, tout au long du séjour, sera plus particulièrement chargé du suivi et du bien-être du bébé. C'est au sein de cet établissement que je m'éveille et grandis doucement.

Hope veut dire *espoir* en anglais, il me va bien. C'est par ce prénom que je vais vivre à travers ce livre. Un choix symbolique, empli d'espérance, de positivité et de rire. Un mot symbolique qui dessine déjà cette existence magique et merveilleuse qu'il va m'être donné de vivre.

Les mois passent...

Quelque part, pas très loin de cette pouponnière, réside un couple de trentenaires qui rêvent d'enfant, sans malheureusement arriver à en avoir.

Lui, Jacques est ingénieur, issu d'une famille unie et aimante. Il est le cadet d'une famille de trois. Deux sœurs avant lui, dont une déjà maman quatre fois. Ses parents sont très présents, des piliers, symboles d'une famille. Des rires d'enfants résonnent à chaque réunion familiale. Jacques est un homme presque heureux, travailleur et dévoué.

Presque ! Il ne lui manque qu'un cadeau magnifique : celui de devenir père.

Elle, Chantal, est infirmière instrumentiste à l'hôpital. Elle est issue d'une famille bourgeoise, nombreuse et unie également. Elle est entourée de cinq frères et sœurs, habitant tous la même région. Elle est également une tante comblée par dix neveux et nièces qu'elle aime par-dessus tout. Elle est active, travailleuse et elle aussi, presque heureuse.

Presque ? Il ne lui manque que le cadeau si désiré : celui de devenir mère.

Depuis plusieurs années, ces deux amoureux tentent en vain de donner la vie. Plusieurs médecins rencontrés et des examens subis leur ont révélé que la vie ne pourrait leur être offerte naturellement. Une souffrance évidente qu'ils ont dû accepter et apprivoiser au fil des années.

Une démarche à l'adoption est enclenchée : de longues années ont été nécessaires pour constituer ce dossier « sésame ». Un quotidien qui se partage entre espoir, attente, frustration, douleur... des émotions qu'il leur faut apprendre à gérer. Un parcours long et douloureux, mais toujours guidé par l'envie infinie d'accueillir un petit être à aimer et à protéger. L'adoption n'est pas une grossesse, mais un parcours où chacun se trouve confronté malgré lui à un « jugement » de ce qu'il est et de ses capacités à devenir un « bon » parent.

Un cheminement difficile que vivent Chantal et Jacques. Heureusement ils ne sont jamais seuls. Le soutien de leurs proches est un précieux cadeau. L'attente et l'incertitude n'empêchent jamais ce couple si plein d'envies, de croire et d'espérer, quoi qu'il arrive ! Malgré tout, chaque réunion de famille leur rappelle cruellement combien ce manque d'enfant est présent. Combien il est douloureux de vouloir devenir parent quand la nature n'est pas clémente.

Je m'appelle Hope. J'attends des nouveaux parents.

Là-bas, pas très loin d'eux, durant tout ce temps de réflexion et d'attente, vit depuis quelques mois, un petit bout en attente de parents. Nous sommes en juillet, cela fait trois mois que je suis ici, le dernier bilan médical me déclare apte à l'adoption !

Malgré les traumatismes vécus, je réussis avec brio l'examen de passage pour une vie stable…

Enfin ! Je souris, je mange et je dors, c'est à priori les meilleurs signes d'une santé en béton ! Une étape de franchie.

Je m'appelle Hope. Je suis une petite boule de vie, prête et déterminée.

Nous sommes le 23 juillet. J'ai trois mois et demi. Je m'en vais.

Aujourd'hui je ne m'appelle plus Hope. Mes nouveaux parents, ceux qui depuis des années, rêvent de ce moment, m'offrent un nouveau prénom :

Géraldine.

Je suis désormais leur enfant, et comme pour tous les parents, le choix du prénom est un acte important qui signe l'identité définitive d'un petit être. « Hope » à cet instant disparaît des sonorités entendues durant mes premiers mois.

Pourtant, dans ce livre que je prends tant de plaisir à écrire, Hope restera Hope.

Mes parents sont là !

Ils attendent dans cette petite salle attenante à la pouponnière. En bas, à gauche de l'accueil. Une pièce aux douces couleurs, meublée de quelques chaises, d'une table et parsemée de jouets, de peluches. Ils sont assis, un peu fébriles à l'idée de cette rencontre tellement attendue. Main dans la main, impatients, émus, ils attendent l'arrivée de leur enfant. Des douleurs au ventre aussi fortes que celles d'un accouchement touchent Chantal depuis déjà plusieurs heures. Jacques ne tient pas en place. Il tourne et fait les cent pas.

- Mon chéri, tu seras le meilleur des papas ! lui glisse Chantal discrètement.

Son mari lui jette un clin d'œil rempli d'amour et ajoute :

- Tu seras la maman la plus merveilleuse pour notre enfant, je t'aime.

Et c'est l'un contre l'autre qu'ils entendent quelqu'un frapper à la porte.

C'est le moment. Un bébé chevelu dort dans les bras d'une jeune éducatrice. Chantal et Jacques ne trouvent plus les mots. Un sourire inonde leurs deux visages et quelques larmes de joie s'échappent de leurs yeux mouillés d'émotion. Cet enfant, qu'ils ont attendu durant six ans, est enfin là, devant eux.

Quel cadeau !

Un cadeau de vie, une date remplie d'histoire et de signification symbolique.

La veille, c'était l'anniversaire de Chantal, un hasard au goût de destin !

Chantal s'approche de cette petite fille qui paraît si fragile. Hope dort paisiblement, sans se douter de tout ce qui se joue à cet instant. D'une voix tremblante, la jeune maman demande la permission de prendre Hope dans ses bras.

- Mais bien sûr, Madame ! C'est votre enfant dorénavant, et je crois qu'elle rêve elle aussi de sentir l'odeur de sa maman ». Chantal s'assoit, là, sur ce fauteuil en tissu violet pastel, et découvre pour la première fois tous les sillons de vie de son enfant. Doucement elle caresse ses mains, puis son visage. Ils interrogent la puéricultrice sur cet enfant qu'ils vont peu à peu apprendre à connaître et tenter d'apprivoiser. Rien ne sera révélé concernant son passé, hormis sa date de naissance et son état de santé depuis son premier cri. Petit bébé de deux kilos quatre cents pour quarante-six centimètres. Ce sont les seuls renseignements qui sont notés sur son carnet de santé. Bien peu de choses, pour résumer trois mois et demi de vie ! Mais c'est la loi : être né sous X c'est être né sous le sceau du secret. Le secret d'une histoire, de racines, d'une naissance…

Un secret bien gardé. Mais à quel prix, pour la vie d'un enfant déraciné ?

Une interrogation, un questionnement que je pose, ici, avec pour seule réponse, un ressenti qui appartient à chacun. Dans le respect de l'enfant abandonné et du parent qui ne peut faire autrement. Sans jugement, bien entendu !

Chantal et Jacques sont les parents les plus heureux du monde. Hope, blottie dans les bras de Chantal ouvre les yeux et regarde fixement cette maman qui l'aime déjà tant. Jacques, les yeux mouillés de joie, pose sur son enfant un regard doux et protecteur. De tendres moments d'amour instantané pour ce couple, cette fois devenu officiellement parents. Un peu tremblante, Chantal enfile une petite robe rose imprimée de minuscules lapins à ce bébé qui est devenu le sien. En retrait, l'éducatrice assiste, émue, au départ de la petite fille vers sa nouvelle vie.

Nous sommes le vingt-trois juillet, je suis en vie, et cette fois ci, j'ai une famille.

Pour Chantal et Jacques le temps s'est arrêté. À partir de ce jour, un petit être, qui est désormais le leur, va devenir leur principale – et même unique – préoccupation. C'est avec Hope dans les bras qu'ils quittent la pouponnière au bout d'une petite heure. Installés dans la voiture, c'est le bonheur au cœur et les larmes aux yeux qu'ils se retrouvent pour la première fois à trois ; une famille, leur famille, celle qu'ils ont enfin réussi à créer au bout de si nombreuses années. Ils sont parents et le seront désormais éternellement. Une bulle d'amour et de tendresse les enveloppe.

Le bonheur est enfin au rendez-vous. Hope, dans son siège auto, garde ses grands yeux bien ouverts.

Elle gazouille, comme pour exprimer, à sa façon, son contentement absolu.

Une page se tourne, bébé Hope, en route !

Pendant une petite heure de voiture, ils roulent, emplis de bonheur, vers la maison de campagne de Chantal et Jacques : Jugy, une petite bourgade bourguignonne, une propriété grandiose, où attend avec impatience et excitation l'ensemble de la famille. Au total douze adultes et dix enfants, qui deviennent à leur tour officiellement oncles, tantes et cousins de la petite Hope. Une fête est organisée, des dessins faits par les enfants, sont accrochés dans le salon de la maison, des cadeaux sont offerts, des mots pleins d'émotion sont lus en l'honneur de la petite fille. C'est une véritable naissance qui est aujourd'hui fêtée. Hope semble émerveillée par tant de nouveautés, de découvertes, de sourires, de rires, de bonheur. Du haut de ses trois mois et demi, elle regarde, sourit à son tour, pousse des petits cris, puis s'endort. Comment ne pas fondre de bonheur devant cette poupée toute ronde, pleine de cheveux et aux yeux noirs, qui semble si bien et si vite s'adapter à sa nouvelle vie. Quelques jours ici où les premiers liens, les premières attaches et les premiers souvenirs vont peu à peu et doucement se créer. Hope passe de bras en bras. Chacun veut la porter, la câliner et lui montrer combien elle est déjà pleinement aimée. Désormais la petite fille peut compter sur la tendresse de cette famille unie.

Et puis, il est temps de partir, pour présenter Hope à la seconde moitié de sa famille : celle de Jacques. C'est ainsi que les trois êtres les plus heureux du monde prennent la route, direction le Beaujolais, à une centaine de kilomètres de là.

À l'arrivée à Py, parmi les vignes, c'est un véritable accueil de star, mêlant les rires et les embrassades. La joie se lit là aussi sur tous les visages, entremêlant l'émotion de cette arrivée au nouveau bonheur de Chantal et Jacques. Hope passe de bras en bras, six adultes, quatre enfants, des cousines qui deviendront, au fil des années, les sœurs de cœur de la petite Hope. L'une d'elles sera même la marraine de l'enfant. Une famille qui ne se lasse pas d'admirer cette nouvelle nièce, cette nouvelle petite cousine, qui force l'admiration par son calme étonnant.

Quatre jours de bonheur intense. Puis il est l'heure de rentrer,

Hope a besoin de retrouver un peu de calme après ces quelques jours d'intenses découvertes.

Nous sommes le trente juillet... La vie à trois peut commencer !

Ça y est ! Enfin arrive ce moment si précieux : la découverte du cocon familial. Ce repère important et stabilisant pour un bébé déraciné. Chantal et Jacques ont mis du temps et beaucoup d'amour à préparer la chambre qui sera désormais celle de leur petite fille. La vie, la vraie, celle qui servira de moteur, de tremplin et de base d'amour, peut enfin commencer. Comme pour une naissance, c'est le début des reconnaissances et des premières fois : première soirée à trois, première nuit, première journée en famille... Tellement de premières fois qui restent inscrites dans le cœur et la mémoire de chaque parent. Hope est une enfant facile, que le sourire ne quitte à priori presque jamais. Elle dort, fait ses nuits, joue et gazouille sans forcément demander la présence de l'adulte à ses côtés. Chantal et Jacques sont fiers, tellement fiers de présenter leur trésor de vie, un trésor tant attendu. Hope continue de s'adapter à merveille, acceptant sans broncher les changements de bras, de visages, de lieux. Les jours et les mois passent, sans aucune ombre dans ce tableau idyllique d'une vie tant de fois rêvée...

Seul petit *couac* qui inquiète Chantal et Jacques : Hope ne mange pas bien. Le bébé refuse certains repas dans leur totalité, et ce, assez longtemps pour que

Chantal décide de conduire son enfant chez le pédiatre. Un pédiatre peu alarmant, qui conclut à un trait de caractère de la petite fille. Il conseille à Chantal de ne pas s'inquiéter outre mesure. Hope est une petite fille qui s'affirme déjà… à près de six mois. En parallèle elle se porte bien. Chantal et Jacques écoutent les conseils du médecin et laissent Hope manger ou ne pas manger, en insistant malgré tout un petit peu. L'inquiétude reste tout de même bien présente !

Les mois et les premières années de Hope vont se dérouler sur ce modèle de tranquillité, mêlant la douceur et l'amour d'un foyer aux réunions familiales festives. L'anorexie de Hope n'est pas encore nommée, mais elle arrive, sous-jacente, comme en gestation, et fera irruption quelques années plus tard.

Mais pendant ce temps…

Je m'appelle Hope et le destin commence à changer de mains !

Nous sommes en décembre de cette même année. Il y a huit mois Hope, pointait le bout de son nez. Il y a huit mois, on annonçait à Alexandre et Sylvie le décès de leur bébé rêvé.

Il y a huit mois une adoption se programmait.

Mais soudain un matin …

Sylvie vient d'apprendre que son enfant n'est jamais morte. Sa fille est bien vivante, son bébé, celle qu'elle pleure depuis huit mois est là, quelque part dans ce monde.

La jeune fille, cette fois majeure n'est plus confinée chez elle. Ses parents ont baissé la garde. Alors c'est avec les larmes aux yeux, les mots qui se bousculent, qu'elle court annoncer ce miracle à Alexandre.

« Notre bébé est vivant ! Hope est vivante ! »

Je m'appelle Hope, et quelque part dans ce monde, je suis vivante dans le cœur de quatre merveilleux parents.

La nouvelle fait le tour de la famille d'Alexandre. Des larmes de joie sont sur tous les visages. Hope devient le miracle de Noël ! Alexandre fou de joie, décore sa chambre de colocation en inscrivant sur le mur *Hope*. Une inscription étincelante, à l'image du cœur d'Alexandre. Chez cette famille de Manouches, la joie est plus que jamais au rendez-vous. Des projets de retrouvailles avec l'enfant germent immédiatement dans les esprits de tous. Le bébé est en vie. Un Noël unique, mélangeant des joies intenses et des rêves d'avenir... à nouveau !

Que d'émotions, quel ascenseur émotionnel !

C'est dans ce bonheur immense que l'impossible parcours de recherche va commencer pour Alexandre, sa famille, et Sylvie.

Alexandre écrit à toutes les mairies de la région pour retrouver son bébé, la chair de sa chair. De leur côté, ses parents harcèlent les assistants sociaux, proposant d'adopter le bébé au cas où le juge refuserait la garde de Hope aux jeunes parents. Cet enfant est le leur et c'est un combat bien inégal qu'ils mènent désormais contre l'administration et les préjugés. Toujours les préjugés...

Durant des années, Alexandre cherche cette petite Hope. En inscrivant les seules informations qu'il connaît sur son enfant, c'est-à-dire son lieu de naissance et son prénom, celui que Sylvie et lui ont donné à leur petite fille qu'il pensait décédée.

Chaque réponse de l'administration est une répétition douloureuse et cruelle de la précédente :

« Enfant et naissance inconnus ».

Un abattement odieux et douloureux les envahis. Leur enfant est là, quelque part, vivante, ils le savent.

Pourquoi alors de telles réponses récurrentes à leurs recherches ?

Il faut savoir que ce bébé de quelques mois a été adopté de façon plénière et, qu'à la suite, son acte de naissance a été modifié. C'est la loi.

Sur celui-ci, Hope est née de ses parents adoptifs. Ce sont eux, officiellement, les seuls et uniques parents de l'enfant. Son lieu de naissance a lui aussi été modifié, son prénom également. Hope ne s'appelle officiellement plus Hope.

De même qu'Alexandre et Sylvie ne sont, aux yeux de la jurisprudence, désormais plus les parents de Hope.

C'est dur, et là aussi bien cruel. Mais c'est la loi et personne n'y déroge.

La page de l'espoir se referme. Une claque de plus à encaisser. Il va en falloir, de la résilience, à cette famille, pour grandir et avancer avec ce fardeau à porter.

Mais la vie réserve des surprises…

Revenons là où nous avions laissé Hope, adoptée depuis déjà plusieurs mois. Un carafon bien trempé, une alimentation perturbée, seraient-ce les prémices d'un abandon mal digéré ?

Et l'adoption dans tout ça ?

Soyons clair, Hope le sait depuis toujours. C'est un mot qui fait partie de son quotidien aussi loin que ses souvenirs remontent. Jacques et Chantal ne lui ont jamais caché cette réalité, ce qui a permis à la petite fille de vivre cette particularité un peu comme une évidence. Souvent vécue avec un je-m'en-foutisme exemplaire, et puis, parfois aussi, il faut bien l'avouer, avec un peu plus de douleur et de difficulté. Des remarques sur son *statut* ont pu la blesser bien souvent. Il faut dire que les enfants ne sont pas tendres entre eux ! Alors des phrases comme « ce ne sont pas tes vrais parents », « tu n'es pas de leur famille », « t'as coûté combien ? », « tu ressembles à personne », et la pire de toutes, « t'es née dans une poubelle », n'ont rien de bien thérapeutique pour une enfant qui, plus tard, va se poser mille et une question sur sa « provenance » !

Nous sommes en septembre, Hope rentre à l'école.

La petite fille grandit à vue d'œil. Les années de maternelle commencent avec, en cadeau, une petite copine du même âge, qui habite dans la même résidence que Hope. Ensemble, elles vont vivre des années merveilleuses de petites filles pleines de vie et leur amitié va perdurer tout au long de leur existence. Hope sourit, rit, joue comme toutes les petites filles de son âge. L'enfance et son insouciance : un temps de latence dont il faut bien profiter ! Hope est entourée d'amies de classe, ou d'amis tout court, mais garde en elle une certaine timidité, une crainte de l'inconnu, des inconnus. C'est une fillette heureuse mais toutefois réservée.

Une ombre au tableau : la scolarité.

Je m'appelle Hope, l'école : un calvaire !

Hope n'aime pas l'école, elle trouve ça tellement difficile. La concentration n'est pas son point fort, elle papillonne, les idées fusent dans sa tête, les choses vont trop vite ou pas assez, elle s'ennuie et abandonne...

Dès le CP, les ennuis commencent pour la petite fille. Les notes ne sont pas au niveau attendu, les apprentissages prennent du retard et les appréciations s'en ressentent ! Il faut bien reconnaître que les parents de Hope n'ont pas vécu les rendez-vous parents-profs dans la plus grande sérénité, découvrant très tôt les joies, ou plutôt le stress, de l'avant rendez-vous, les questionnements, les *pourquoi ?* et les *comment ?* Hope ne sait pas, Hope ne peut pas Hope à de grosses difficultés... Bref, Hope n'est pas partie pour être une tronche, une première de la classe !

Et puis il y a cette inconnue qui règne dans l'esprit de Chantal et de Jacques.

Ce mystère évident. Celui auquel tous les parents adoptants sont sans doute un jour confrontés :

« D'où vient mon enfant ? ».

L'enfant presque parfaite depuis six ans commence à révéler des failles. Au sein d'une famille si travailleuse un vilain petit canard est en train, peu à peu, de faire irruption. Une image créée de toute pièce par le seul imaginaire de Hope. Aux yeux de ses parents, elle est la plus parfaite des enfants.

Il faut dire que la petite fille a été adoptée au sein d'une famille où les études sont une valeur sûre pour l'avenir. Et c'est bien normal ! Les oncles, tantes, cousins et cousines de Hope ont tous de belles carrières professionnelles. Les parents de Hope rêvent pour leur enfant d'un avenir qui s'intègre malgré tout dans cette continuité de réussite.

Mais comme on dit : *qui vivra, verra* !

Un nombre incalculable de solutions vont être déployées tout au long des années, toutes aussi infructueuses les unes que les autres. Comme des cours de soutien classiques, payés une fortune, au sein d'écoles privées réputées. Hope aura aussi, bien sûr, droit au soutien sans faille de ses parents, aux heures de révisions encadrées par ceux qui ne souhaitent que le meilleur pour leur enfant. Jacques, son papa, prendra même un temps fou, le soir après son travail, pour se transformer en professeur et expliquer à sa fille les exercices de maths qu'elle n'a pas compris. Pour finir par lui laisser copier les réponses justes, même si Hope n'a toujours rien compris à ce monde parallèle ! Les mois et les années défilent, bercés de tendresse et de rires, de découvertes, de vacances à la mer ou à la montagne, avec les cousins, cousines, oncles et tantes. Une famille immense, autour de valeurs précieuses. Des semaines à jouer dans les maisons familiales des parents de Hope. En Saône-et-Loire et au cœur du Beaujolais. Des parties de cache-cache sur ces hectares de propriété aux heures de vélos, en passant par des tournois de tennis entre cousins, des cabanes dans le jardin et quelques bêtises inévitables ! Hope est heureuse au sein d'une famille unie et particulièrement aimante.

Que la vie est belle ! Nous sommes au printemps, Hope a six ans et va devenir grande sœur.

Hope n'a que quelques souvenirs de ce début de vie à quatre, qui commence à la pouponnière où elle-même a vu le jour. Une salle pas très grande, une impatience immense pour les parents adoptants ! Un bébé de quatre mois est sur le point d'arriver.

Une porte s'ouvre, et dans les bras d'une auxiliaire de puériculture, une petite frimousse aux cheveux bouclés et bruns pointe le bout de son nez.

Ça y est ! Florent est là !

La fierté est la première émotion que la grande sœur ressent. Beaucoup de ses copines ont déjà endossé ce rôle. Hope était jusqu'alors enfant unique. Accueillir enfin ce petit être est pour elle une manière de se sentir « comme les autres ». Florent est là, bien là, et après un temps à se découvrir tous les quatre, c'est au sein de son foyer que la petite famille va débuter cette nouvelle vie.

L'appartement n'est pas très grand. Deux chambres seulement. Alors les parents de Hope et Florent vont dormir pendant quelques années dans le salon, laissant les chambres à leurs enfants.

Les jours et les mois passent. Une vie de famille paisible, emplie d'amour et de tendresse.

C'est une chance inouïe pour ces enfants d'être aimés, choyés, dorlotés. Bercés par l'insouciance de leur âge et chanceux de pouvoir partir en vacances, hiver comme été. Les Alpes du Sud, l'Isère, l'Île de Ré sont, pour cette petite fratrie, le cœur de doux souvenirs familiaux. Sans compter la Bourgogne et le Beaujolais, qui chaque été, deviennent l'un et l'autre des vrais terrains de jeux.

Pour Chantal et Jacques, le bonheur se résume à des choses simples, mais d'une douceur infinie. Des instants de magie qui façonnent, jour après jour, le cœur de Hope et de Florent.

Les années passent, mais derrière cette façade d'insouciance plane un mal-être qui va bientôt s'exprimer. Il faut dire que la petite fille grandit et que des questions bien légitimes, concernant son adoption, se font de plus en plus présentes. Sa scolarité reste toujours une vraie difficulté et sa timidité s'accentue peu à peu. Rien de bien alarmant en soi, mais malgré tout, cela commence à alerter le corps enseignant.

Un cauchemar récurrent.

Celui de Hope.

Il y a des nuits qu'on attend avec impatience, pour se reposer enfin, et puis il y a celles qu'on redoute.

C'est ce que Hope, du haut de ses dix ans, va expérimenter malgré elle.

Je m'appelle Hope. Je ne veux plus dormir.

Impossible de dire quand cette angoisse de se coucher et donc potentiellement de rêver a commencé. Cependant Hope en connaît les raisons ! Un cauchemar, incessant, redouté, dont Hope se souviendra toute sa vie.

Depuis plusieurs nuits déjà, elle a du mal à trouver le sommeil. Elle tourne et se retourne dans son lit. Elle veut dormir, s'endormir, vite, très vite, avant que ses parents ne se couchent. La petite fille a besoin de savoir ses parents éveillés pour se laisser aller. Une présence vivante, qui lui fait du bien. Mais de plus en plus souvent, Hope tarde à trouver le sommeil, et c'est avec une appréhension immense qu'elle entend de plus en plus régulièrement ses parents se coucher. Elle se retrouve alors seule au milieu de ce silence qui l'effraye. Il est tard et Hope a peur.

« Maman, je n'arrive pas à dormir », se plaint Hope auprès de Chantal, déjà endormie. Puis se dirigeant vers son père, la même phrase, un peu plus insistante, afin de le réveiller alors qu'il a pourtant tellement besoin de se reposer : « Papa, je n'arrive pas à dormir ».

En parents exemplaires, porteurs d'amour et de bienveillance, ils se lèvent chaque nuit et prennent un instant pour tenter de rassurer leur enfant. Hope connaît son angoisse de la nuit, car avec elle arrive un cauchemar. Un rêve qu'elle craint, qui lui fait peur, mais qu'elle tait pourtant à ses parents, un peu désabusés.

Je m'appelle Hope. Voici mon cauchemar.

Chaque nuit, la petite fille redoute de se retrouver coincée derrière cette grosse et imposante armoire qui meuble sa chambre d'enfant. Une armoire en contreplaqué, couleur bois clair, faite de trois grandes parties.

Mais que se passe-t-il derrière cette armoire ?

Eh oui, c'est cela, le cauchemar tant redouté de la fillette apeurée. Hope rêve qu'elle dort et que des inconnus surgissent de derrière cette fichue armoire ! Ils viennent à elle, la saisissent violemment pour l'entraîner avec eux derrière ce placard, devenu au fils des mois un meuble maudit. Hope se sent alors malmenée, angoissée, apeurée, perdue dans cet imaginaire bien déroutant.

Derrière cette armoire, se trouve un autre monde, avec un cratère immense qui semble extrêmement profond. La petite fille court, tente de fuir, mais en vain. Hope se retrouve projetée dans cette immense crevasse... et se réveille en sursaut dans sa chambre, dans son lit. *Ouf*! Mais la nuit n'est malheureusement pas finie pour autant et il va falloir à Hope beaucoup de courage pour retrouver le sommeil et essayer de s'apaiser, seule.

Ce cauchemar, Hope n'en parle jamais. Il dure pendant plusieurs mois et perturbe profondément son repoq.

Que veut dire ce rêve récurrent ?

Quelques mois plus tard, le comportement de Hope se modifie peu à peu, se transforme et laisse apparaître des souffrances dont la violence devient, pour elle, la seule et unique réponse.

Je m'appelle Hope. J'ai onze ans, je sors, je fuis, je fugue.

Hope fuit... Sans même savoir où aller, elle fuit. Elle erre dans les rues de sa ville, sans but précis, hormis celui sans doute d'alerter sur son profond mal-être.

Alors, pour une remarque qu'elle n'accepte pas ou simplement par besoin de partir, l'enfant a pris l'habitude de claquer bruyamment la porte d'entrée ; qu'importe l'heure du jour ou de la nuit, pour cette enfant, rien d'important. Par ce geste elle signifie un rejet, une violence, une peur. Les parents de Hope, affolés, vont en premier lieu tenter de dissuader leur fille de sortir. Par la discussion. Mais Hope n'entend pas, elle se fout totalement des explications de ceux qu'elle repousse avec tant de souffrance. Jacques et Chantal pensent qu'en fermant la porte à clé, cela calmera les envies de liberté de leur fille. *Échec et mat.* Hope entre dans des colères sans nom, cassant tout autour d'elle, jusqu'à ce que ses parents cèdent enfin. Les cris, les bruits de coups de pied dans les portes sont de routine.

« De toute manière, vous n'êtes pas mes parents ! Je fais ce que je veux, laissez-moi tranquille ! »

Cling, pam, boum

Tout est renversé, cassé, détruit par la rage et la colère de Hope.

Hope a gagné…

Ses parents, épuisés par tant de violence de la part d'une enfant de onze ans, la trouille au ventre de mal faire et complètement perdus vont accepter de laisser fuir leur fille chérie. Jacques suit Hope, de loin, pour être là en cas de besoin. Mais la jeune fille s'aperçoit vite de la présence de ce « détective » envahissant et, les jours suivants, s'arrange pour partir discrètement, sans faire de bruit.

Hope pense avoir gagné mais Jacques et Chantal restés sur leurs gardes, maintiennent les suivis de leur petite fille, sans que celle-ci s'en aperçoivent !

C'est sous un pont, à proximité de chez elle, que Hope trouve refuge. Une voie ferrée désaffectée, envahie par l'herbe haute et servant d'abri à quelques SDF. C'est là qu'elle vit une pseudo-liberté dont elle a finalement tellement besoin. Sans vraiment avoir conscience du danger potentiel qui l'entoure.

Hope se cherche. Qui est-elle ? Et surtout, qui sont ces gens qui l'ont abandonnée ? Dans sa tête d'enfant, elle s'imagine successivement enfant de parents stars et de parents pauvres.

Hope va faire la connaissance d'un homme bienveillant, un sans-abri auquel elle s'attache. Un peu. Elle lui apporte parfois du pain en cachette. Il l'écoute parler. Un lien sain, qui permettra à cet adulte sans toit de faire entendre à Hope qu'il est grand temps d'arrêter ses fugues.

Hope finit par écouter cet homme qu'elle ne connaît pourtant pas.

Elle ne reviendra plus sous le pont.

Les nuits de Hope restent difficiles. Sa solitude intérieure l'emporte vers un néant terrifiant.

Elle s'isole de plus en plus, parle de moins en moins, devient violente de façon quotidienne, en paroles comme en gestes. À l'école aussi, son retrait est significatif. Ses parents, inquiets, la conduisent de psy en psy pour tenter de trouver des réponses à son comportement. Finalement, un diagnostic tombe : Hope est introvertie, travaillée par une problématique d'abandon qui met à mal son évolution psychique.

Ni plus, ni moins !

Jacques et Chantal sont décomposés à la sortie de ce rendez-vous. Ils repartent avec un document signé et une invitation à faire participer leur enfant à des séances de thérapie. Hope est un paquet-surprise à elle seule tant les imprévus deviennent présents ! Il faut dire que Hope n'a pas mis beaucoup d'énergie, ni de bonne volonté, lors de cet entretien où les tests psy défilent successivement sous ses yeux. Des taches, des grilles, des chiffres, des traits. Aucun intérêt pour elle, une perte de temps flagrante, et en face, un adulte qu'elle n'apprécie pas.

Bref, *échec total !*

Le problème des nuits de Hope ne se résout pas. Il est différent, mais dans un certain sens, s'amplifie dangereusement.

En effet, Hope ne dort plus dans son lit. Elle ne peut plus, elle ne veut plus. La toute jeune fille se met doucement à dormir à même le sol, sur la moquette de sa chambre. D'abord une nuit de temps en temps, et puis peu à peu ce rituel devient finalement quotidien.

Les premiers temps, étonnés, surpris et franchement un peu plus démunis, les parents de Hope essaient d'obtenir des explications sur cette attitude… étrange ! Dormir sur le sol, quand on a la chance d'avoir un bon lit douillet à quelques centimètres de là, ça pose question !

- Hope, que fais-tu ?
- Fous-moi la paix, je fais ce que je veux !
- Mais tu ne peux dormir par terre, allez, retourne sur ton lit, s'il te plaît !

Hope n'a absolument aucune explication à fournir ! Même pas une raison complètement tordue. Rien. Le néant total. Pour ses parents, c'est la sidération.

Que faire à part laisser faire ? Pour éviter un nouveau conflit d'abord, et puis franchement, la situation est tellement absurde que Jacques et Chantal espèrent secrètement que tout va rentrer dans l'ordre rapidement.

Bien sûr, Hope ne l'entend pas de la même oreille, elle n'est plus capable de dormir dans un lit. Chaque soir, après être allée embrasser – ou non ! – ses parents, la petite fille presque grande s'installe sous la fenêtre, à côté du radiateur – en classe, on appelle ça, la place du cancre ! Elle y met son drap, sa couverture et y place toutes ses peluches et ses poupées… Comme pour combler un vide, une absence qu'elle ne sait pas vraiment expliquer ni définir…

Hope repart dans son imagination et là, allongée à même le sol, elle s'endort, doucement. Comment expliquer que cette presque grande fille soit devenue incapable de s'endormir dans la solitude d'une chambre ?

Hope recherche peut-être inconsciemment une collectivité qui, durant ses premiers mois, l'a bercée.

Le manque de celle-ci est intense, de plus en plus violente et exprimée de façon toujours plus forte et douloureuse. Hope est en recherche inconsciente de ses racines. Elle ne sait l'exprimer autrement que par un besoin intense de retourner sur les lieux de ces premiers mois de vie. Jusqu'au jour où la petite fille va exiger de ses parents qu'ils la ramènent à la Cité de l'enfance. Une demande des plus difficiles pour ses parents tellement aimants. Que lui arrive-t-il ? Que n'ont-ils pas vu pour que Hope en arrive à cette détresse ?

Rien. Leur enfant n'est pas bien. Son passé est douloureux, inconsciemment, et c'est avec une exigence comme celle-là que Hope tente d'exprimer son mal-être.

Des parents parfaits à mon cœur auxquels, aujourd'hui, je veux rendre un hommage infini et leur dire combien je les aime, combien ils sont ma vie et combien je les remercie pour tout ce qu'ils m'ont offert avec tant d'amour.

Je m'appelle Hope. J'ai onze ans et un besoin viscéral de retrouver mon passé.

Un choc, une émotion qu'aujourd'hui j'imagine tellement lourde de peine…

Jacques accepte de conduire Hope dans cet établissement où l'enfant à vécu ses premiers mois. Chantal ne sera pas du voyage. Comment peut-elle revivre ce trajet onze ans après être allée chercher ce petit bébé dans ces mêmes lieux ? C'est impossible pour elle, et tellement compréhensible. Jacques va se charger de cette lourde, trop lourde responsabilité... Un papa qui, sans le savoir vraiment, offre à sa fille le plus fort des cadeaux. Un retour essentiel, même vital, sur un passé inconnu qui ronge peu à peu son enfant. Un acte très difficile à réaliser mais empli d'un amour infini.

Dans la voiture le silence règne. Hope est à l'arrière. Elle ne décroche pas un mot.

- Hope, pourquoi veux-tu retourner là-bas ? Je ne sais pas s'ils pourront nous recevoir ! Nous t'y'avons adoptée, mais tu es notre fille !

Jacques essaie d'expliquer à sa fille combien il est son père. Que la pouponnière dans laquelle elle a vécu un certain temps ne la reprendra pas. Hope a onze ans. Elle ne sait pas ce qu'elle cherche, mais elle veut retourner là-bas.

La voiture pénètre dans le parc arboré et gigantesque où est nichée la Cité de l'enfance. Plusieurs pavillons, des jeux extérieurs, quelques enfants dehors, des adultes auprès d'eux. C'est la première image à laquelle Hope va se confronter. Jacques stoppe sa voiture près du bâtiment qui accueille les tout petits. Des bébés confiés par un juge, bien souvent. Hope descend et suit son père. Elle attend, là, sur une chaise de l'entrée, avec une apparente sérénité déconcertante ! Jacques désemparé part à la rencontre des puéricultrices présentes et leur explique, plein d'émotion, la demande que sa fille lui a imposée.

- Mon enfant va mal, aidez-nous, s'il vous plaît. Hope ne souhaite plus que revenir chez vous, alors que nous l'aimons tellement. Aidez-nous, nous n'y arrivons plus, nous ne la comprenons plus.

L'éducatrice spécialisée présente ce jour-là reçoit l'enfant et son père. Elle discute d'abord avec Jacques afin de pouvoir, par la suite, prendre en charge correctement la petite Hope.

Que se passe-t-il dans la tête de Hope à cet instant-là ? Sans doute trop d'émotions pour pouvoir y mettre des mots. Mais, quelque part, il s'y produit un début d'apaisement.

Pas transcendant non plus, mais il est là, il existe, c'est déjà un point très positif !

L'éducatrice s'avance alors doucement vers Hope, qui attend toujours passivement sur sa chaise. Perdue.

Elle attend. Quoi ? Elle ne le sait pas elle-même. Mais elle attend.

- Coucou Hope, c'est bien toi Hope ?

La petite fille acquiesce d'un hochement de tête, toujours impassible.

Le premier contact est créé. L'éducatrice établit doucement un dialogue. Accroupie, pour être à la hauteur de l'enfant. Hope ne décroche pas un mot, mais ses larmes coulent ; elle est envahie par des sentiments confus et contradictoires. Elle éprouve de la peur, mais aussi l'envie de se jeter dans les bras de cette inconnue. Tellement de ressentis opposés... en apparence. Peu à peu Hope se laisse « apprivoiser » et accepte de prendre la main que lui tend la professionnelle, touchée par la détresse de cet être en devenir.

La fillette peut alors mettre des mots sur sa demande :

- Je veux revenir ici.

L'éducatrice ne s'attendait pas à une telle demande, aujourd'hui. C'est la première fois qu'elle se retrouve confrontée à semblable « appel au secours ». Alors, toujours doucement, avec des mots, des regards et des gestes de réconfort, la femme d'une trentaine d'années va tenter d'expliquer à Hope que son souhait est impossible à réaliser. Elle a une famille. Qui l'aime. Ici, c'est une pouponnière qui accueille des bébés sans parents capables, à cet instant, de s'en occuper.

En revanche, elle propose à Hope de la conduire à l'étage. Là où se trouve le lieu de vie de ces petits bouts pour qui tout ne se passe pas comme prévu. Là où elle a vécu presque quatre mois.

Quel cadeau de la part de cette professionnelle, bourrée de compassion, d'empathie, de présence douce et, quelque part, emplie d'amour ! Un très grand merci à elle !

C'est sa main dans celle de l'éducatrice, que Hope suit cette femme à qui elle offre sa confiance et grimpe une à une les marches des escaliers qui la conduisent sur les lieux de son passé.

Une porte s'ouvre sur un espace lumineux et chaleureux. Des couleurs chaudes et douces se superposent aux couleurs plus vives et franches. Hope avance doucement. Elle est à l'affût, aux aguets. Ses cinq sens sont en éveil. Elle sent, elle touche, elle voit, elle écoute, elle s'imprègne de ces lieux qui, imperceptiblement, la calment et l'apaisent. Au milieu des petits cris des nourrissons, des pleurs de ceux qui ont faim, elle scrute, les yeux grands ouverts, les lieux qui l'ont construite et accueillie durant plusieurs mois.

Hope avance et découvre – ou redécouvre – une petite salle pleine de jeux, jouets, tapis d'éveil, transats.

Des professionnelles sont là, avec sur leurs genoux ou dans leurs bras, des enfants qui vont s'attacher à ces images parentales. Et qui, dans quelque temps, devront faire un titanesque travail de résilience pour se détacher. Parce qu'il le faut, parce qu'ils seront confiés à d'autres adultes... parents naturels ou adoptifs, familles d'accueil, autres éducateurs...

L'éducatrice, toujours à ses côtés, la conduit vers les petites chambres. Ici, Hope peut enfin mettre des images, des odeurs et des bruits sur le début de sa vie, qui lui a été en partiellement volé. Petite Hope, il te manquait tant de parties de ton passé.

Impossible de dire le temps qu'a duré ce moment. Pour Hope, celui-ci s'est soudainement arrêté.

En bas, Jacques attend son enfant. En espérant très fort que cette imprégnation dans la pouponnière ait pu avoir un impact rassurant, apaisant et positif pour sa fille chérie.

Hope redescend, la main toujours accrochée à celle de l'éducatrice. Des mots sont échangés entre les adultes. Hope doit repartir avec son papa. Elle a très envie de rester là, mais c'est impossible. Elle l'a entendu mais pas compris. Peu importe. C'est une réalité qu'elle doit accepter. Et quelle que soit l'ampleur de ses cris, de sa colère, rien ne la changera. Alors elle se résigne.

Jacques et Hope remontent ensemble dans la voiture, qui les reconduit chez eux. L'enfant s'est murée dans le silence. Comme à son habitude. Jacques aimerait pouvoir parler à sa fille, mais elle est inaccessible.

- Hope ? Hope ? Comment tu vas, maintenant ?

Rien. Hope regarde la vie qui défile par la fenêtre et ne prononce aucun mot...

Rien n'y fait. Les tentatives de Jacques restent vaines. Le papa opte alors pour un silence bienveillant.

La porte de l'appartement ouverte, Hope s'enferme dans sa chambre, prête à exploser à la moindre contrariété. La jeune fille est paumée, perdue, et si les prises en charges spécialisées ne s'accélèrent pas, l'enfant est, à court terme, en danger.

Le quotidien de Hope s'apparente, durant les mois suivants, à une répétition de violences physiques et verbales, de fugues et de jours d'école buissonnière. Hope n'a rien à faire sur les bancs de l'école.

Rien ne l'intéresse, et certainement pas de rester, pendant des heures, assise à attendre que le temps passe. Hope a une définition de la liberté assez particulière et bien à elle. Sa devise : faire ce qu'elle veut quand elle veut. Jacques et Chantal ne savent comment y faire face. De square en square, Hope se déplace au gré de ses envies, pour être ramenée aussi vite, au fur et à mesure que la fillette est repérée. Les voisins, les copains, tous vont devenir en quelque temps des indics hors norme !

Les démarches sont enclenchées pour venir en aide à cette enfant, mais tout ne se fait pas en quelques jours. Alors, dans l'attente de soutiens réels, les parents de Hope gèrent comme ils peuvent et avec leurs moyens, leur amour inconditionnel et leur inquiétude véritable, les pressions qu'une enfant d'un peu plus de 12 ans, exerce autour d'elle.

Un vrai démon, diront certains, mais en réalité, juste une toute jeune fille perdue dans un passé qui hante son présent.

Nous sommes en juin de cette année chaotique. Scolairement parlant, la jeune élève n'a pas été assidue. Les vacances approchent. Pour Hope, deux mois qui risquent d'être bien compliqués. Chantal appréhende particulièrement ces quelques semaines. Elle est fatiguée, physiquement et moralement, par ce qui se joue depuis quelque temps avec sa fille.

Alors, c'est avec une détresse à peine cachée que Jacques et Chantal demandent à leur nièce, également filleule de Jacques, de les seconder pendant quelques semaines auprès de la jeune rebelle.

Chantal, épuisée, va rester à Lyon pour se reposer et passer quinze jours au calme. Une décision prise à contrecœur, pour ces parents bien fatigués, mais très certainement vitale, pour le couple d'abord, pour Chantal surtout.

En effet, la colère de Hope est très orientée vers l'adulte en général, mais spécifiquement vers sa maman. La fillette fait payer à Chantal l'abandon de Sylvie.

L'Île de Ré !

C'est là que Jacques, accompagné de sa filleule et de ses deux enfants, part pour plusieurs jours afin de profiter d'un temps de repos espéré et mérité.

Ensemble ils espèrent faire de ce temps un espoir de répit ! Hope adore sa cousine de dix-neuf ans et se moque des raisons qui ont poussé ses parents à partir en vacances séparément. Elle y voit un avantage certain, celui de pouvoir grappiller un peu plus de liberté en mettant sa cousine adorée dans sa poche !

L'espoir fait vivre !

Mais les projets de Hope tombent peu à peu à l'eau. Isabelle se révèle être une jeune adulte très responsable qui, avec douceur et patience, essaie d'apaiser l'ouragan qui bouillonne dans le cœur de sa petite cousine. Ces quinze jours sont malgré tout une réussite certaine.

Je m'appelle Hope. J'ai douze ans... S'il vous plaît, aidez-moi !

Les vacances se terminent. La rentrée approche, une nouvelle année s'annonce.

Jacques est ingénieur au sein d'une grande entreprise de la région. Un travail prenant, avec des horaires à rallonges, souvent interminables. Un poste qui lui demande également d'effectuer des déplacements, en France souvent, mais pour la première fois à l'étranger.

Je m'appelle Hope. Ma structure familiale s'effrite.

Jacques part pour plusieurs mois en Égypte. Une opportunité professionnelle importante qu'il ne lui est pas possible de refuser. Ce départ est redouté par Chantal. Rester avec ses deux enfants, seule, est pour elle une difficulté terrifiante. Une expérience sur du long terme qu'elle n'a pour ainsi dire jamais vécue et qu'elle s'apprête à découvrir, la boule au ventre. Hope n'est toujours pas prise en charge correctement par les services compétents. Les demandes sont faites mais les réponses tardent à venir. Hope râle, et s'exprime de façon toujours plus violente, agressive. Cassant et frappant à la moindre contrariété. Que se passe-t-il ? Cette enfant qui était, jusqu'à il y a quelques années, si docile, souriante, obéissante, se transforme ten une vraie terreur, bien décidée à faire flancher tous ceux qui pourraient s'opposer à ses volontés.

Durant des semaines c'est seule que Chantal gère ses deux enfants. Une période difficile et fatigante. Hope profite naturellement de l'absence de son père pour faire régner dans le foyer une intense atmosphère de revendication. Sans doute souffre-t-elle de l'absence de celui-ci. Et c'est, à priori, pour elle le seul moyen d'exprimer sa peine. Des journées à faire l'école buissonnière de nouveau.

Hope, cherche les regards tout en les fuyant, ignore ce qu'elle veut, ce dont elle rêve, sans pouvoir s'empêcher de s'opposer au monde des adultes qui l'entourent. Chantal n'en peut plus, et sur les conseils de son entourage, décide de rejoindre Jacques en Égypte. Pour deux semaines, pas plus. Cette coupure, elle en a besoin. Son départ est organisé et approuvé par son entourage. Chantal prépare ses enfants à son absence sans se douter un seul instant que c'est cette décision qui va bousculer la prise en charge de sa fille. Hope est confiée à une de ses tantes, contre sa volonté. Le frère de Hope va, lui, chez des amis. Une double séparation pour la toute jeune fille. Ce frère, elle l'aime plus que tout, c'est son repère, son lien, dans cette période si bancale. Seule, elle sait qu'elle n'y arrivera pas. Mais la tante de Hope ne peut pas doubler son attention. Sa nièce demande beaucoup, Florent sera mieux chez des amis.

Tout est prêt. Il ne reste plus qu'à partir pour Chantal, en embrassant fort ses deux trésors de vie.

Hope ne l'entend pas de cette façon. Depuis l'annonce du départ de sa mère, la jeune fille redouble d'agressivité. Ce départ, elle le refuse, le crie, le hurle, dans l'espoir de faire céder sa maman. Mais rien n'y fait. Chantal s'en va. Hope est désemparée.

- Reviens, maman, reviens ! entend-on Hope hurler de loin.

Mais aujourd'hui, ses cris n'y feront rien ! Pour la première fois de sa vie, Hope se retrouve confrontée à une véritable limite imposée. Chantal hésite pourtant à continuer devant tant de colère de la part de sa fille. Rebrousser chemin ? C'est ce qu'elle s'apprête à faire, mais la tante de l'enfant est là, elle rassure sa sœur et l'incite à maintenir son départ.

Je m'appelle Hope. Un mal pour un bien.

Ce que vit Hope à cet instant lui paraît insurmontable tant sa douleur est vive. Elle ignore tout des raisons qui provoquent autant de détresse dans son cœur et dans sa tête, mais c'est plus fort qu'elle, Hope ne peut pas supporter ce départ.

Chantal est, elle aussi, démunie devant le comportement de sa fille. Elle voit sa souffrance mais ne sait pas d'où elle vient. La naissance de Hope est un mystère, les parents de l'enfant n'ont sans doute pas été préparés aux conséquences d'un abandon. Ces colères, ces revendications que leur impose Hope ne sont pas qu'une simple crise d'adolescence. Ils le savent, le ressentent. Désespérée, Hope menace de mettre fin à ses jours. Chantal part en Égypte, le cœur serré, mais presque convaincue que Hope se calmera.

Je m'appelle Hope.
J'ai douze ans.
Je veux mourir.

Une détresse sans nom et sans limites envahit d'un coup la tête et le corps de Hope. Par la fenêtre elle aperçoit sa maman qui part. Une déchirure, un réveil de traumatisme envahit la petite fille qui, perdue, crie, hurle :

- Maman ! Reviens !

Sans réfléchir, Hope passe la jambe par-dessus l'appui de la fenêtre. Elle s'apprête à sauter... à douze ans.

Comment cette enfant, traumatisée par la séparation, l'abandon, pourrait-elle survivre au départ de sa maman ; une maman qu'elle aime tant !

C'est pour elle, à cet instant, impossible.

Montée sur le rebord de la fenêtre, elle commence à se jeter dans le vide. Deux étages la séparent de la terre ferme. Mourir, ce n'est pas ce qu'elle souhaite, mais sauter, c'est la seule façon qu'elle a trouvée pour échapper au départ de sa maman.

La tante de Hope arrive au même moment dans la chambre de l'enfant. Elle rattrape Hope in-extrémis et tente, par bien des mots, de dissuader sa nièce, mais les maux de Hope sont inaccessibles.

Très vite, le médecin de famille est appelé.

Celui-ci arrive en urgence. Hope a les deux jambes qui balancent dans le vide. Le médecin connaît l'enfant, ce qu'elle vit aussi. Des mots, des paroles, Hope baisse peu à peu la garde et se laisse aller doucement de l'autre côté de la fenêtre. Le médecin allonge l'enfant sur le lit de sa chambre. Au vu du mal-être de la jeune fille et en l'absence de ses deux parents, la décision est prise de transporter l'enfant aux urgences psychiatriques les plus proches. Les maux sont profondément ancrés. Hope n'a pas l'intention d'en rester là.

L'ambulance démarre en direction du lieu d'accueil adapté à l'état de Hope. À l'intérieur, la soignante tente à son tour d'apaiser cette fillette bien jeune. Ses mots résonneront en elle et resteront dans sa mémoire jusqu'à aujourd'hui.

« Pourquoi es-tu si triste ? Pourquoi veux-tu mourir ? Tu es jeune, et tu verras, la vie est belle, il ne faut pas vouloir mourir à ton âge tu sais. »

Hope écoute, le regard fermé.

Des questions si basiques mais finalement tellement importantes pour elle. Allongée dans l'ambulance, la fillette est perdue et terrifiée. Sans le savoir, l'ambulancière a commencé avec Hope un véritable travail sur les raisons de son geste.

Derrière le véhicule, la tante de Hope suit sa petite nièce jusqu'à l'hôpital psychiatrique.

Inquiets, elle et son mari rejoignent le convoi, déjà sur place.

Je m'appelle Hope. J'ai 12 ans, et dans ma tête, le chaos implose.

À peine arrivée, Hope est prise en charge par le médecin du service : un service d'urgence où toutes les détresses du monde se rejoignent, se retrouvent, se recoupent. Quels que soient l'âge, le sexe, la misère. Un centre de tri où après un entretien passé avec le médecin, chaque âme en peine est prise en charge, soit au sein d'un service, soit chez lui, si la situation le permet.

- Que se passe-t-il, Hope ? lui demande le médecin.

Rien, aucun son ne sort de la bouche de la jeune fille. Comme à son habitude, l'ado reste muette. Alors le psychiatre tente une nouvelle question :

- As-tu envie de mourir ?

Un regard perdu croise celui du médecin furtivement. Un premier contact est créé, mais toujours aucune réponse n'émane de l'enfant.

- Vas-tu recommencer à te mettre en danger ?

Hope, instinctivement, acquiesce de la tête. La réponse de l'adolescente est suffisamment explicite pour alerter le médecin.

Hope est très vite placée et accueillie dans le service enfants et adolescents du centre hospitalier le Vinatier.

Le Vinatier est un grand hôpital situé à Bron, dans la périphérie lyonnaise. Au sein de celui-ci, on trouve plusieurs unités spécialisées, dont celle où Hope est accueillie. Une unité qui accueille des enfants et des jeunes de douze à dix-huit ans en état de décompensation psychopathologique aigüe.

Son arrivée dans ce service est rassurante pour Hope, aussi étrange que cela puisse paraître...

C'est juste à côté du bureau infirmier que l'enfant se voit attribuer une chambre. Une chambre dont la porte reste toujours ouverte. Pour Hope, c'est important.

Un besoin immense d'entendre l'équipe qui va prendre soin d'elle durant ces quelques mois, un besoin de vie, de se sentir entourée. L'oncle et la tante de Hope, rassurés malgré tout de la prise en charge de leur nièce, passent ces deux semaines à lui téléphoner et à lui rendre visite.

Ce sont eux qui annoncent aux parents de Hope l'hospitalisation de leur fille. Jacques et Chantal, à plusieurs milliers de kilomètres, sont aux cent coups. Chantal savait en partant que son enfant n'était pas bien, mais sa sœur l'avait convaincue de maintenir ce voyage en Égypte. Chantal est partie. Sans se douter des conséquences.

Ils passent quinze jours accrochés au téléphone, en lien permanent avec l'équipe soignante de l'hôpital, ainsi qu'avec l'oncle et la tante de leur enfant chérie. Chantal ne se sent pas le courage de rentrer seule et Jacques doit impérativement rester pour son travail.

Je m'appelle Hope. Je vis au Vinatier.

Les journées, au sein de ce service spécialisé, deviennent très vite apaisantes, mais l'angoisse de la séparation reste là, ancrée.

Hope se retrouve en collectivité, une ambiance qui la rassure sans qu'elle sache très bien pourquoi. Peut-être un lien avec ses premiers jours de vie à la Cité de l'enfance ?

Qui sait ?!

Hope partage ses journées entre des rendez-vous quotidiens avec les infirmiers du service, des moments calmes et privilégiés dans le bureau médical et des parties de tennis ou de ping-pong avec le personnel, lorsque celui-ci est disponible. Et puis, bien sûr, il y a des moments de solitude, dans cette chambre qu'elle a un peu décorée, comme pour se l'approprier. Des histoires plein la tête, qu'elle imagine, lui permettent d'adoucir un peu son cœur abîmé.

Hope rêve... mais elle rêve éveillée ! Des rêves de parents, selon son envie et ses humeurs du moment... Elle vit de ses rêves, s'invente des histoires, des câlins où elle se voit dans leur bras.

Un schéma classique finalement, qui se trouve à sa portée physique depuis douze ans, mais pas à sa portée psychique du moment.

Hope est aussi gourmande ! Et dans ses rêves, c'est *no limit* ! Du coup, c'est aussi avec ses rêves et son imaginaire qu'elle va se vivre enfant de parents célèbres.

Et si ces parents biologiques étaient finalement des stars du cinéma ? Une échappatoire, une fuite de la réalité, trop difficile à porter.

Toujours dans l'adaptation et peut-être un peu dans un début de résilience.

Hope n'a que très peu de contacts avec les autres jeunes patients Elle n'a pas forcément envie de tisser des liens avec ces jeunes inconnus qu'elle ne comprend d'ailleurs pas. Ici, chaque enfant ou jeune a ses problèmes, ses traumatismes. Certains font même peur à l'adolescente. Hope cherche la sécurité et c'est auprès de l'adulte qu'elle la trouve.

Hope s'est, peu à peu, laissée aller. Elle ne se lave plus, ou presque, laisse ses cheveux longs lui couper le regard, comme pour se cacher d'un monde extérieur trop violent, un monde qu'elle ne comprend pas, qu'elle n'aime pas et que, d'une façon ou d'une autre, elle souhaite fuir.

Alors, au sein de cet espace sécurisé, cadré, Hope fait ses premiers pas hésitants vers la confiance en l'adulte.

La jeune fille reste là pendant plusieurs mois. Juste le temps nécessaire pour les services sociaux de lui trouver une place pérenne au sein d'un établissement adapté à ses nombreuses difficultés.

Entre-temps, Jacques et Chantal sont rentrés d'Égypte. Pas franchement reposés finalement, mais impatients de retrouver leurs enfants. Ils récupèrent Florent, mais ils ne pourront bien sûr, pas ramener Hope. Elle reste à l'hôpital en attendant une place dans un autre établissement.

Je m'appelle Hope. J'ai presque treize ans et je rentre en ITEP.

ITEP, des initiales bien froides pour dire Institut thérapeutique éducatif et pédagogique.

En clair, un ITEP est un établissement médico-social qui accueille les enfants et les adolescents qui présentent des difficultés psychologiques, dont l'intensité des troubles du comportement perturbe gravement la socialisation et l'accès aux apprentissages.

Au matin d'un mois d'octobre, on annonce à Hope son départ du pavillon enfants de l'hôpital psychiatrique. Un départ difficile. La presque grande fille a tissé des liens. Des liens qui, pour elles, sont solides, fiables et, dans sa tête, éternels. Hope refuse de partir, crie, pleure et tente de nouveau de fuir pour ne pas vivre cette situation bien trop difficile.

Dans sa tête, encore un abandon, encore une trahison, encore une destruction.

Mais Hope se résigne et part. Son cœur se ferme à nouveau, ses émotions se bloquent une fois de plus et la confiance qu'elle a mise dans l'adulte se meurt... encore. Hope s'en va sans se retourner, comme pour tenter d'effacer définitivement ces liens qu'elle croyait permanents.

2/

TOURNÉE VERS L'AVENIR !

Ce sont Jacques et Chantal, ses parents, qui la conduisent jusqu'à Trévoux, une petite ville de l'Ain où se trouve cet ITEP qui lui a été attribué.

Dans la voiture, Hope pleure, hurle de nouveau. Elle tente d'ouvrir la portière pour stopper cette situation infernale qu'elle ne maitrise pas, et qui lui fait si peur. Jacques a prévu l'angoisse de son enfant et a pris soin, heureusement, de verrouiller le véhicule.

Jacques et Chantal sont, eux aussi, au plus mal. Leur enfant est la prunelle de leurs yeux, ce qu'ils ont de plus précieux, ils savent qu'aujourd'hui, Hope est en danger, et que la seule façon de la sauver c'est, paradoxalement, de se séparer d'elle. Une décision et une acceptation lourdes, très lourdes à porter pour eux, qui ont tant rêvé de leur enfant et qui l'ont si longtemps attendue.

Mais que faire d'autre ? Par amour pour leur fille, ils acceptent l'inacceptable : la séparation.

La voiture stoppe sa course sur le petit parking de l'établissement.

Après avoir refusé de rentrer dans la voiture à sa sortie de l'hôpital, Hope refuse cette fois d'en sortir.

Logique !

Ses parents, démunis, se sentent incapables d'imposer ce nouvel abandon à leur fille. Ce sont les éducateurs du pavillon nommé le Seuil qui se chargent de sortir l'enfant du véhicule, devenu, le temps du trajet, comme un dernier refuge. Les mots ne servent à rien à ce moment-là, pour tenter de panser les maux de la presque grande fille. La souffrance est trop importante et c'est dans les bras d'un éducateur que Hope sort du véhicule de ses parents. Un arrachement qu'elle vit comme une violence inouïe, dont elle n'imagine pas, à cet instant, la nécessité absolue. Ces éducateurs deviendront, pour Hope, bien plus que de simples éducateurs. Mais ça non plus, elle ne le sait pas encore !

Hope débarque ici, dans ce bâtiment qui accueille une quinzaine de jeunes de quatre à vingt et un ans, filles et garçons. Tous atteints de troubles du comportement plus ou moins sévères, mais nécessitant obligatoirement une prise en charge éducative et psychologique très importante. C'est là que l'adolescente découvre, sous ses cheveux sales, longs et emmêlés, ce qui va devenir une grande partie de sa vie.

Une chambre, là encore juste à côté de celle de l'éducateur présent la nuit, lui est attribuée. Hope a toujours besoin de cette proximité, de ce lien proche avec l'adulte. Une chambre douillette, tapissée de rose.

Après un entretien avec Michel, le directeur de l'ITEP, un homme d'une bonté exceptionnelle, bourré d'espoir et de vie, Hope va peu à peu prendre possession des lieux et découvrir les enfants, jeunes et adultes, qui vont faire un bout de chemin avec elle.

Après quelques jours pendant lesquels Hope s'apparente à un véritable mur de glace, mais obéissante et docile, l'adolescente s'ouvre un peu. Elle finit par accepter d'instaurer un contact verbal avec les enfants et les éducateurs. Doucement, des liens se créent.

Malgré son refus de partir et sa colère immense concernant ce placement la presque grande fille s'adapte finalement très vite.

La collectivité est un réel apaisement pour elle.

Je m'appelle Hope. Mon corps devient ma prison.

Une prison visible de l'extérieur, sale et peu ragoûtante. Des cheveux gras pendent le long d'un visage fermé. La jeune fille, dans ces meilleurs jours, les attache grossièrement. Hope ne se lave plus. Hope sent mauvais.

Son corps lui fait mal. Et pourtant, physiquement, elle n'a aucune blessure à déplorer. La douleur est interne, liée au cœur, à l'âme, à son passé. Ce corps, elle ne l'aime pas. D'où vient-il finalement ? À qui appartient-il ? De qui provient-il ? À qui ressemble-t-il ? Tant de questions !

Sans réponses pour le moment. Hope déclare une guerre ouverte à celui qui la porte et la supporte depuis le premier jour de sa vie. Une guerre silencieuse mais paradoxalement tellement bruyante !

Qu'il est difficile de s'aimer !

Hope martyrise son corps en le privant de nourriture. Subtilement, ses assiettes diminuent peu à peu. Au départ, les éducateurs mettent cela sur le compte d'un banal manque d'appétit. Hope ne se ressert plus. Ça arrive ! Mais doucement la jeune fille refuse de goûter à seize heures. Un moment auquel elle tenait, pourtant. L'équipe éducative s'alerte très vite. Des mesures emplies d'amour sont mises en place, ainsi qu'un contrôle étroit de l'alimentation.

L'adolescente est désormais obligée de manger à côté d'un éducateur. Une surveillance ponctuée de négociations et de marchandages. Hope triche, ment et déjoue plus d'une fois leur surveillance.

La peur de grossir s'installe sournoisement. Hope n'est pas grosse, mais elle se voit grosse ! Hope ne peut pas contrôler son poids comme elle le souhaite. Ce n'est pas elle qui possède la balance, ici. Seul le miroir lui donne des réponses sur ce qu'elle a perdu ou pris. Un miroir faussé par le regard intransigeant et irréaliste de cette jeune fille en perte de repères. Les règles de Hope vont également disparaître, ce qui va provoquer chez l'enfant une immense satisfaction.

Hope ne veut pas grandir. Hope ne veut plus grandir. Elle rêve de redevenir une môme, un bébé et s'invente une nouvelle fois une vie imaginaire. Celle qui lui permettrait de revivre des instants de fusion avec sa maman.

Les éducateurs ne lâchent rien : des bilans réguliers sont faits dans leur bureau. Hope est aussi accompagnée dans sa peur ancrée de l'abandon. La « petite » est surveillée nuit et jour au sein du foyer, mais aussi à l'extérieur. En effet, lorsqu'elle rentre le week-end dans sa famille, Marie, son éducatrice, instaure très vite un rituel de lien grâce à des petits mots rassurants et bienveillants.

Les éducateurs du Seuil réapprennent à leur petite pensionnaire le toucher et le verbe aimer. Une rééducation ponctuée de larmes, de colères et de passages à l'acte lorsqu'elle rentre chez elle. En effet la violence représente, depuis des années, le moyen de communication presque unique de Hope au sein de sa famille.

Puis, doucement, Hope se transforme.

Physiquement tout d'abord : ses cheveux sales et longs se raccourcissent et deviennent propres. La jeune fille accepte le lien, les marques de tendresse de ses éducateurs. Elle découvre les limites, le cadre, celui qui rassure, qui canalise et qui aime. La bienveillance des membres de l'équipe, leur ténacité à ne rien lâcher, leur façon incroyable de croire en l'adolescente va finalement, au bout de six ans, remporter la plus belle des victoires sur la vie.

Le travail d'un éducateur est avant tout comparable à une course d'endurance où des compétences de persévérance, d'écoute infinie et de patience éternelle font du quotidien un mélange d'espoir et de doute, de remise en question et d'improvisation. On passe facilement de quatre pas en avant à parfois dix en arrière. Une solidité à toute épreuve, un mental d'acier et une belle souplesse d'esprit sont nécessaires. En somme, un charisme débordant d'humanité et une volonté sans faille ! Marie, l'éducatrice référente de la jeune fille est une femme brune d'une quarantaine d'années, douce et dotée d'une bienveillance extraordinaire. Elle est éducatrice spécialisée et offre à Hope un lien sacré et inestimable. Elle est accompagnée par Jean-Marie, également éducateur référent. Un homme tout aussi bienveillant, sportif et ancré avec la nature. Ce sont eux qui, de façon un peu plus spécifique, accompagnent l'adolescente tout au long de ces années.

L'objectif final de ce placement est la réintégration sereine de l'enfant au sein de sa famille et, d'une façon plus générale, une intégration classique dans la société. Un travail difficile et de longue haleine, mais plein d'espoir !

Successivement, l'équipe éducative et les parents, sont confrontés à des peurs et des craintes de l'abandon terriblement violentes chez Hope, réveillées particulièrement à chaque départ du foyer de Marie.

Hope s'attache à Marie fortement, recréant en elle une figure maternelle.

Parmi les éducateurs de Hope, on retrouve aussi Éric, Yvan, Gabrielle et Anne-Marie. Une équipe éducative modèle, passionnée, unie et porteuse d'espoir. Tour à tour, jour après jour, ils contribuent à l'évolution de chaque jeune qui leur est confié et de Hope en particulier. Ce sont aussi eux qui guident et accompagnent Chantal et Jacques.

C'est à ces éducateurs de profession, ces femmes et ces hommes de cœur, que je veux rendre un hommage immense et éternel. Car c'est grâce à vous, à votre force de vie, votre volonté inébranlable, votre ténacité et votre amour inépuisable que je suis vivante aujourd'hui.

À l'ITEP, Hope vit chaque samedi un psychodrame ! Un truc incroyable, assez étonnant et déroutant au début, mais qui ensuite, devient un fantastique moment de permission totale, où le jeune, face à l'adulte, peut ainsi s'exprimer sans filtre.

En somme, vous prenez six jeunes âgés de douze à dix-sept ans ainsi que deux psychiatres avec une formation et un recul qui valent tout l'or du monde !

Vous « enfermez » tout ce petit monde durant trente minutes dans une pièce où il n'y a absolument rien. À partir de cet instant, les enfants ont la possibilité de faire exactement ce qu'ils veulent – dans la limite des lois bien sûr ! Alors ça peut être ne rien faire, parler entre eux ou encore élaborer des histoires et des mises en scène. Les psychiatres présents peuvent aussi proposer des scénarios. En réalité, c'est un moment pendant lequel peuvent ressortir toutes les inhibitions dont l'enfant est porteur. De la colère aux émotions les plus vives, parfois à fleur de cœur, les détresses qu'il cache, un peu, ou beaucoup. Toutes ces émotions peuvent ici être déversées de la façon la plus abrupte du monde, en fonction de l'état du jeune au moment T.

Ce lieu, et surtout ce moment, Hope va mettre beaucoup de temps à les apprivoiser.

Pourtant, c'est ainsi que la jeune fille évolue, en mettant en jeu des scénarios de son propre parcours, qui lui permettront de guérir.

L'ITEP est devenue, au fil du temps, la première maison de la jeune fille. C'est ici qu'elle grandit à son rythme et à sa façon. Ici qu'elle exprime ses colères, ses incertitudes et ses doutes, s'attache et se détache, expérimente la confiance et l'absence, vit ses premières belles amitiés et ses premières amours, ses premiers pas vers l'acceptation de soi, découvre la passion du sport, et en particulier de l'escalade et de la course à pied.

Des passions qui la pousseront, plusieurs années plus tard, à courir toujours plus loin et à grimper toujours plus haut, jusqu'à participer aux championnats de France, puis du monde, de trail. Une belle revanche sur la vie pour cette enfant qui voulait mourir à onze ans.

Hope rentre chez elle chaque fin de semaine, du samedi après-midi au lundi matin. Quarante heures. Un décompte à la fois rassurant, redoutable et nécessaire.

Rassurant car Hope a du mal à rester en famille. Son attitude est à la fois destructrice pour elle et pour ses parents. Les cris, l'absence de capacité totale pour Hope d'accepter un lien, un geste de tendresse parental, un mot apaisant, met en péril l'équilibre familial déjà bien abîmé. La perspective du retour au foyer la rassure et la canalise.

Redoutable, car la violence de la jeune fille, sa toute-puissance, symbole de son immense insécurité, provoque inévitablement des dommages collatéraux au sein du foyer. Florent est témoin de ces retrouvailles bien compliquées, subissant de plein fouet la violence de sa sœur envers ses parents. Petit bonhomme à tout juste l'âge de raison, que d'incompréhension pour lui ! Plus tard, son chemin sera compliqué, il devra braver avec courage ses interrogations sur son identité, ses racines. Des questionnements violents et forts qui le mèneront sur des routes destructrices.

Et nécessaire, parce que l'urgence est de maintenir le lien entre Hope et ses parents. Hope souffre du traumatisme de l'abandon. Un traumatisme qui provoque en elle un besoin infini d'être aimée, protégée, couvée, choyée, et en parallèle un rejet complet envers toute marque de tendresse, d'attention, de lien. Un rejet qu'elle exprime de façon extrêmement violente envers ses parents, un rejet aussi violent que l'est son amour pour eux.

Le mal-être de Hope est si profond qu'aucune relation paisible en famille n'arrive à se recréer. Il faut aux parents de Hope un Everest de patience, de courage et d'acceptation pour porter une réalité aussi lourde. Sur ces quelques heures ensemble, l'adolescente persiste dans ses fugues et son plein pouvoir acquis, laissant Jacques et Chantal désemparés, profondément marqués et perdus dans ce rôle de parents qu'ils ne maîtrisent plus vraiment.

Hope, une aventure humaine !

Devenir parent d'un enfant abandonné, né sous X, c'est accepter une aventure folle et bourrée d'imprévus, de surprises, bonnes ou mauvaises. C'est accepter de faire grandir un enfant dont on ne connaît rien. Accepter un petit être avec une histoire et un passé. Parfois simple, mais pas toujours. Accepter des blessures que l'on ignore, des traumatismes qui peu à peu se dévoilent au grand jour, laissant apparaître des souffrances dont le parent ignore même le nom. C'est aussi faire un deuil. Celui de l'enfant parfait que l'on a imaginé, rêvé. Bien sûr, tous les parents, adoptants ou non, doivent faire ce deuil de l'enfant parfait. Sauf qu'un parent adoptant doit, en plus, faire le deuil de la non ressemblance physique, psychologique, et du secret du passé de l'enfant confié.

De l'autre côté, devenir un enfant adopté est tout aussi difficile : il doit porter son histoire, adopter celle dans laquelle il est projeté, avec bien souvent une inconnue traumatique du début de sa vie. Pour certains tous se passe bien , et puis pour d'autres la réalité est un peu plus compliqué .

Je m'appelle Hope. Deuxième chance.

Au début de cette nouvelle aventure de vie, Hope ne va pas au collège. Elle l'a quitté il y a plusieurs mois, après sa tentative de suicide, alors finalement rien ne presse. Aucun enfant ne peut suivre une scolarité normale lorsque le désordre le plus bruyant règne dans son cœur et dans sa tête. Durant ces quelques jours d'adaptation au foyer, la jeune fille prend ses marques, investit les lieux à sa façon et tisse timidement les premiers liens avec l'équipe éducative. Ainsi, doucement, Hope reprend le chemin de l'école.

Un nouvel établissement. Celui du village où se trouve le foyer. Un centre scolaire qui accueille une petite partie des enfants et des jeunes placés à l'Arc-en-ciel.

Hope est en cinquième. Elle ne connaît personne et personne ne la connaît non plus. Seule marque distinctive : Hope est à l'ITEP. Une « pancarte » invisible, qui est là, malgré elle. Elle la porte sur son visage, son comportement et son isolement excessif. Cette adolescente en échec de vie est apeurée, terrifiée de ce nouvel inconnu que la vie lui impose de vivre. Il y a quelques mois Hope arrivait à l'hôpital psychiatrique, puis débarquait à l'arc en ciel. Et aujourd'hui, Hope doit encore une fois s'adapter à un nouveau lieu.

Le premier jour, qui est souvent décisif, s'avère catastrophique. Hope ne parle à personne et décide de s'isoler, loin de ses camarades. À partir de là, suivent plusieurs années de scolarité difficiles et psychologiquement destructrices. Les liens avec les autres élèves ne se tissent pas. Quelles que soient les années, Hope se replie et rejette les autres. Inconsciemment, mais les résultats en sont terriblement flagrants.

Par honte, Hope n'en dit jamais rien, et étonnamment, rien n'est non plus exprimé par ses professeurs.

Ces trois années au collège sont aussi à l'origine d'une souffrance sans nom pour cette enfant perdue.

Hope est en manque de ses parents. Un manque immense, qui ouvre en elle un vide infini à combler.

Combler ? C'est ce que l'adolescente croit pouvoir réussir.

Au sein de cet établissement scolaire, une option est proposée aux jeunes. Une option « audio-visuel » qui par l'image, le son, permet de s'évader, de découvrir autre chose que les matières classiques. Le professeur qui mène cette activité est un homme dont les méthodes éducatives sont en décalage avec les professeurs que Hope *se tape* depuis des années. Cool, décontracté, il est possible de le tutoyer. Hope, s'attache doucement à cet enseignant différent.

La collégienne recherche inconsciemment une vie classique, mais par ailleurs, Hope tisse des liens avec cet adulte qu'elle admire au fond d'elle. Elle se renseigne, découvre qu'il n'habite pas très loin de chez la psy qu'elle voit depuis quelques mois, et qui ne lui apporte rien.

Elle sait que son professeur fait régulièrement la voiture-balai pour les élèves distraits. Elle compte bien en profiter !

C'est ainsi que, une à deux fois par semaine, Hope rate le car qui l'emmène vers cette contrainte. Elle se cache derrière les voitures, évite soigneusement celles des éducateurs venus récupérer les petits pensionnaires du foyer, et d'un pas presque décidé, s'en va annoncer à l'accueil du collège que le car est parti sans elle.

La méthode est simple et efficace !

Je m'appelle Hope. J'ai treize ans, mon papa me manque.

Comme à chaque fois, la secrétaire vérifie que le professeur est encore là, présent au sein du collège, et comme à chaque fois, il est présent. Cela devient une habitude, une routine régulière. Hope se retrouve alors seule avec son professeur pour environ trois quarts d'heure de route. D'abord à l'arrière, Hope se sent enfant, avec un parent.

Quel apaisement pour elle, personne ne peut imaginer à quel point ce que Hope recherche se trouve là, à ce moment précis.

Une place, juste une place d'enfant, avec un parent.

Le lien d'attachement, chez Hope, a été malmené dès sa naissance ; c'est la raison pour laquelle elle est capable de s'attacher en un instant à n'importe quel adulte.

Les « voyages » se déroulent sans accrocs. Hope se fait déposer non loin du lieu de son rendez-vous et vis ce trajet comme un instant rassurant. Après sa séance, un éducateur vient la chercher et la ramène au foyer. Hope n'en parle à personne. Elle ne fait rien de mal et c'est son petit jardin secret.

Les semaines et les mois passent. Une certaine routine s'est installée. Hope rate son car et son professeur l'emmène.

Mais les choses basculent…

Je m'appelle Hope, et jamais je n'aurais voulu vivre ça.

Ce soir-là, Hope rate de nouveau son car. Elle a pris l'habitude d'attendre directement son professeur à côté de sa voiture sur le parking du collège. Plus besoin de passer par la secrétaire.

Mais un jour le professeur invite Hope à monter devant. Hope acquiesce, pleine de fierté, et s'installe, attachée et heureuse de cette nouvelle situation. La belle innocence de l'adolescente est bientôt mise à mal, détruite une nouvelle fois par un adulte sans scrupules.

C'est ainsi que débute une relation imposée par l'adulte, à laquelle Hope va se plier sans y consentir. Elle se tait, ne dit rien. Par peur tout d'abord, mais aussi par angoisse de perdre cet adulte en lequel elle a mis tant de confiance.

Les mains de l'homme glissent vicieusement, lâchement, avec une traîtrise sans nom, sur les cuisses de Hope... et entre ses cuisses.

Un peu plus de deux ans vont s'écouler ainsi.

Hope ne dira rien, jamais rien. Ni à ses éducateurs, ni à ses parents, ni même à cette fameuse psy qu'elle voit pourtant directement à la suite de ces trajets glauques. Hope est incapable de parler, de mettre des mots dessus. La peur lui impose un silence destructeur, mais elle va maintenir et persévérer tragiquement dans ces trajets qu'elle pourrait pourtant éviter, en prenant tout simplement le car. Elle ressent un besoin inexplicable et profondément ancré de s'accrocher à ce professeur qu'elle voit comme un père, mais qui la voit, elle, comme un objet répondant à ses pulsions sexuelles.

Plusieurs années après, ce professeur sera dénoncé et pris en charge par les services adaptés.

Cette « relation » a un effet odieux sur le comportement de Hope. Les cours avec ce professeur, qui étaient jusqu'alors une bouffée d'oxygène, deviennent un calvaire sordide, un secret dont le poids écrase la jeune fille. Les résultats scolaires, déjà pas brillants, sombrent en flèche. L'alimentation de Hope en subit les conséquences directes et, plus tard, sa sexualité sera elle aussi impactée. Un chaos qui ne fait qu'aggraver un peu plus les troubles du comportement de l'adolescente.

Malgré ses traumatismes et le silence qui les entoure, Hope ne fléchit pas et avance, quoi qu'il arrive.

Les années passent. Hope a dix-huit ans et décide de partir de ce foyer dans lequel elle vit depuis plusieurs années : sa première décision d'adulte. Elle est impatiente d'être enfin autonome, indépendante, sans éducateurs sur le dos. Partir rime avec liberté.

Tout reste à construire !

Hope à réintégré le milieu familial, mais les conflits restent bien présents. Elle n'est pas encore guérie de ses blessures d'enfance. Le chemin reste encore sinueux.

Quand elle est partie du foyer, ses éducateurs ont assuré à Hope qu'ils seraient toujours là pour elle, au cas où. Marie écrit et téléphone au moins une fois par semaine à sa jeune protégée. Un guide, un soutien, un lien indestructible et une présence précieuse. Celle-là même qui devrait faire partie intégrante du suivi des jeunes majeurs sortant de foyers et trop souvent livrés à eux-mêmes…

Je m'appelle Hope. La vie me fait un signe.

Les parents de Hope ont offert à leur fille le plus doux des tremplins, le plus fort des relais de vie. Dans la continuité du foyer, c'est dans un lycée bienveillant – le lycée Don Bosco – que l'étudiante va continuer son parcours. Un sacrifice financier, preuve d'un amour immensément fort, qui va permettre à leur enfant d'avancer en sécurité.

Au sein de cet établissement, Hope rencontre plusieurs femmes qui, chacune à leur façon, vont initier un halo de douceur, de protection, un cadre rassurant. Un relais inconscient, que l'adolescente a su créer pour elle, par sécurité affective indispensable.

Hope est, scolairement parlant, très moyenne. Marquée par ses échecs antérieurs successifs, elle a du mal à reprendre confiance en elle. Revendicatrice, un peu survoltée, mais pleine de sensibilité, elle va s'attacher très rapidement à ces quelques figures éducatives qui font son quotidien : Christine, Estelle, Emmanuelle, Babeth, Jean-Noël, Daniel ... Des femmes et des hommes qui continuent de façonner Hope de mille couleurs.

Tour à tour et peu à peu, ils vont canaliser l'énergie de vie dont Hope est emplie et lui donner l'attention rassurante dont elle a bien besoin.

L'adolescente oscille simultanément entre arrogance, insultes, provocation, mais aussi besoin de présence, de tendresse et de preuves d'affection.

Ce lycée, tourné vers les plus fragiles, lui permet de vivre ses premières actions à visée humanitaire. Un cadeau incroyable qui va lui permettre de vivre son fou et vital besoin d'aimer. Hope y apprend que le don de soi est une richesse inépuisable qui lui ouvre les portes du véritable apaisement.

En quelques mois, durant les vacances d'été, la jeune fille part en Tunisie, puis au Gabon. Des actions bénévoles auprès de jeunes qui lui permettent un bel épanouissement.

Je m'appelle Hope. Qui suis-je ?

À dix-huit ans, Hope est majeure, alors en plus de son départ du Seuil, elle a entrepris d'entamer des recherches sur ses origines. D'où vient-elle ? Une question récurrente qui ne l'a finalement jamais laissée en paix. Durant des années, Hope cherche des informations par elle-même. C'est d'abord tout naturellement qu'elle se tourne vers ses parents. Peu de réponses lui sont apportées. Un coup dur pour Hope. Elle sait que ses parents vivent mal ces questionnements. Elle le sait, elle le sent et ne veut en aucun cas les blesser. Dorénavant c'est seule qu'elle mènera son enquête.

C'est d'abord un courrier à l'ASE (Aide Sociale à l'Enfance) qui va lui permettre d'entamer ses démarches. Quelques lignes, sur lesquelles sont notées le peu de renseignements qu'elle possède.

Son prénom d'adoption.

Sa date de naissance.

Son lieu de naissance.

Et son acte de naissance intégral.

Quelques semaines passent et une réponse lui arrive... enfin ! Une proposition de rendez-vous qui va lui permettre d'ouvrir son dossier en présence d'une assistante sociale. *Waouh* ! Hope se met à imaginer des tas de scénarios. Des *supers* chouettes mais aussi des moins emballants ! Une façon de se préparer psychologiquement à l'imprévu. Elle met ses parents au courant ainsi que, bien sûr, son frère. Lui aussi souhaite rechercher ses racines, mais la démarche est difficile. Hope n'est toujours pas à l'aise face à ses parents. Elle ressent sans doute leur inquiétude de façon amplifiée. Elle croit qu'une réelle peur les envahit : celle de perdre à nouveau leur fille aînée, celle qu'ils aiment tant, celle avec qui les liens ont été si difficiles à créer, celle pour qui ils ont tant donné, sacrifié...

Et si elle leur tournait le dos ?

Dans son esprit, rien de cela ! Ses parents sont ceux qui l'ont aimée, élevée, ceux qui ont été là, toujours là, même dans les instants les plus difficiles de sa vie. Ce sont eux sa famille, mais Hope a besoin de savoir qui elle est, à qui elle ressemble et pourquoi elle a été abandonnée. Un réel besoin de comprendre, pour être enfin elle-même !

C'est donc seule que Hope se rend à ce rendez-vous avec une angoisse perceptible. Imaginez-vous ! La jeune femme n'a aucune idée de ce qui va se trouver dans ce dossier. Peut-être sera-t-il vide. Ou rempli d'infos. Le mystère est entier !

Hope attend, assise sur une chaise, que l'assistante sociale l'appelle Une pièce impersonnelle, avec quelques posters enfantins aux murs. Une impression de vivre ce qu'elle a toujours espéré. Un sentiment de paix envahit la jeune femme, mais parallèlement, une angoisse monte à chaque minute supplémentaire qui s'affiche sur le cadran de sa montre !

La porte s'ouvre enfin. Une dame, dont Hope a oublié aujourd'hui le physique, ouvre la porte de la salle d'attente et lui propose de la suivre. La jeune fille s'assoit là, sur une chaise, en face de l'assistante sociale. Un bureau les sépare physiquement.

Un peu tremblante, les mains moites, elle répond aux questions que la femme lui pose, beaucoup de questions. Puis, ça y est, Hope reçoit enfin le sésame, ce dossier dans lequel se trouvent peut-être des éléments de sa vie d'avant. La professionnelle prévient Hope : il n'y a pas grand-chose, très peu d'informations. Qu'importe, même s'il n'y avait qu'un mot, un simple petit mot, il serait pour Hope bien plus que des lettres attachées entres elles !

L'assistante sociale lui propose de photocopier quelques-uns des documents. Mais pas tous ! Certains sont confidentiels et Hope n'a pas le droit de regard. C'est un comble ! Elle qui est née sous le secret, abandonnée sous X, et qui cherche son identité depuis dix-huit ans, voilà que la loi se permet de lui cacher encore des éléments de sa vie ! C'est incroyable, mais elle doit s'y plier. Il n'y a pas d'autre possibilité. Sur l'instant, Hope savoure les quelques informations qui se trouvent sur ces documents officiels, tout en tentant d'accepter ce qui lui reste caché.

Hope feuillette fébrilement le dossier, lit sans lire, regarde sans voir. Trop d'émotions se bousculent en elle. Il y a des choses ! Il y a des infos. À cet instant, Hope a envie de pleurer. De pleurer de joie, d'émotion, de soulagement. Ouf ! Quelque chose se pose en elle, s'ancre enfin !

Hope lit et relit, tourne et retourne les feuilles, revient en arrière, recommence du début. Elle veut savoir, percer le mystère de sa naissance, lire entre les lignes, apercevoir les raisons de son abandon, tout retenir, ne rien oublier... Surtout ne rien oublier !

D'abord un acte de naissance. Elle est bien née sous X. Il est spécifié qu'elle a été abandonnée par madame D., directrice de la maison mère-enfant où résidait sa maman.

Puis un signe d'abandon, en bas de cet acte, une croix et une signature accolée d'une écriture toute fine et aux apparences bien jeunes : Sylvie.

C'est elle, c'est le prénom de sa mère ! Hope connaît enfin son prénom ! Personne ne peut imaginer le trésor que représente celui-ci à cet instant. Hope connaît la première racine de son passé.

Elle s'appelle Sylvie.

Puis, vient un descriptif du nouveau-né qu'elle a été. Il est noté : enfant de petit poids, à la limite de l'hypotrophie. Que veut dire ce terme ? Hope l'ignore.

Enfin un document sur la description de ses parents biologiques, ainsi que leurs prénoms. Pour les deux il est spécifié qu'ils sont jeunes. Dix-sept ans pour sa mère et dix-neuf pour son père. Une description physique de chacun et quelques qualificatifs moraux.

Pour elle, il est noté qu'elle est immature et pour lui qu'il est fainéant et violent.

Toutes ces informations lui permettent d'essayer de se faire une idée des raisons de son abandon.

Hope voudrait crier de joie. Cette étape était si importante! À ce moment-là elle sait qu'elle s'ouvre une porte vers la réconciliation avec elle-même.

Ses parents sont les premiers et les seuls avec qui elle veut fêter cela. Mais la peur de leur faire mal à nouveau freine ses élans et fait de cet instant une prison d'émotions retenues.

C'est à demi-mot que Hope ose *avouer* ce qu'elle trouvé.

Avouer. C'est le mot juste.

Il peut sembler ne pas être posé à la bonne place. Et pourtant...

Dans sa tête de jeune adulte et dans son cœur d'enfant, *avouer* est exactement le terme qu'il convient de placer. Parce qu'en faisant cela, Hope ressent une immense culpabilité. Celle de chercher depuis des années ce qui est à l'origine de sa vie. Ses origines. Parce que ce sont elles qui vont l'aider à grandir, à se poser et à enfin savoir qui elle est. Sans elles, Hope ne sait pas. C'est, en réalité, un besoin unique d'identité.

Alors c'est en plein repas, entre le fromage et le dessert qu'elle annonce ce qu'elle vit et ce qui fait son bonheur de l'instant. Comme elle l'imaginait, c'est non sans douleur que ses mots sont reçus. Elle le ressent, le voit, c'est écrit sur leurs visages.

Hope vit ce qu'ils vivent, ressent ce qu'ils ressentent. Leur douleur, leur peur, leurs craintes. Elle les vit au plus profond d'elle-même, se met à leur place et commence peu à peu à se détester d'oser leur imposer ça.

Comment cacher son espoir ? C'est en quelques mots, et beaucoup de maux, que Chantal demande à sa fille comment elle s'y est prise, quels sont ses projets par la suite et ses futures intentions de vie.

Hope veut la rassurer. Ils sont ses parents et ils le resteront éternellement. Elle les aime plus que tout et par-dessus tout. Rien ne pourra jamais les séparer.

La discussion va mourir aussi vite qu'elle a commencé. Triste, Hope ravale ses émotions et passe, en apparence, à autre chose.

Les jours, les semaines défilent… Comme si rien n'avait été dit, tout est de nouveau linéaire.

Le calme après la tempête.

Incroyable silence, celui qui, comme une gomme, efface d'un geste ce qui a été vécu comme trop douloureux. Le passé tombe dans l'oubli, celui que l'on tait, celui que l'on étouffe. Hope ne peut s'arrêter là dans sa quête. Elle a un prénom : celui de sa mère d'origine. Elle possède aussi des caractéristiques physiques dans lesquelles elle se retrouve et auxquelles elle s'identifie enfin ! Il est également noté des spécificités de caractère, mais dans celles-ci... elle ne se reconnaît pas. Tout cela est un début pour Hope, mais en aucun cas une aventure terminée. Alors, de recherches en questionnements, c'est auprès du CNAOP que la jeune femme se rend.

Une lettre sur laquelle figure l'ensemble des renseignements récupérés auprès de l'assistante sociale de l'ASE est envoyée en courrier recommandé. C'est important, rien ne doit se perdre dans la recherche de ses racines. À partir de ce moment, Hope sait qu'elle utilise sa dernière chance, son ultime joker. Si cet organisme ne peut lui apporter les réponses à ses questions, la jeune femme comprend qu'il lui faudra tirer un trait sur le mystère de son passé. Une prise de conscience difficile mais avec laquelle elle est obligée de composer.

Les semaines passent. Hope, pleine d'excitation tout d'abord, se rend à la boîte aux lettres chaque jour ! Impatiente, elle ne rate pas une seule fois le facteur !

Puis, après les semaines, ce sont les mois qui passent. La jeune fille se lasse, s'impatiente, s'énerve et en veut à la terre entière. En même temps, elle n'ose appeler le CNAOP : elle a peur de leur réponse, n'y est pas prête et préfère espérer...

Alors que plusieurs mois sont passés, Hope n'espère presque plus. Elle s'est fait une raison, et pour se protéger, s'apprête à tourner la page.

Hope se résigne.

Je m'appelle Hope. Un miracle se joue maintenant.

Quand, un matin, Hope va machinalement relever le courrier, une surprise de taille l'attend. Au milieu de celui-ci se trouve une grande enveloppe cachetée avec, sur le dessus, un tampon : celui du CNAOP ! Le cœur de la jeune femme bat la chamade. Dans ce courrier se trouve peut-être la levée d'un mystère de plus de vingt ans. Ou, à l'inverse, la fermeture d'une enquête qui aura duré si longtemps...

Hope ne sait si elle doit ouvrir ou non cette réponse tant attendue ! La peur lui colle au corps. Une peur viscérale d'affronter une réalité qui modifiera peut-être le cours de sa vie.

L'impatience déborde en Hope. Elle ne peut attendre plus longtemps et cède presque immédiatement à cette excitation. Tremblante Hope ouvre, déchire même, le courrier mystère. Son regard cherche instinctivement le *mot* qui lui permettra de comprendre en une fraction de seconde le contenu du document. Ses yeux défilent et s'arrêtent net : là, sur ce papier, il est écrit noir sur blanc :

Nous avons le plaisir de vous informer que nos services peuvent répondre favorablement à vos recherches. Vous pouvez nous contacter au...

Hope remonte chez elle, figée, abasourdie par cette nouvelle, sans mots, mais terriblement heureuse. Il n'est pas trop tard et Hope décide d'appeler immédiatement le numéro indiqué sur le courrier. C'est sous le choc, toujours émue, qu'elle compose le numéro. Les secondes passent, puis un « allô » ébauche la future conversation.

- Bonjour, répond Hope, je viens de recevoir un courrier de votre part, me révélant que vos services ont retrouvé ma mère d'origine. Il est noté que je peux vous appeler.

La jeune femme est renvoyée sur le service concerné et réitère sa demande.

Au bout du téléphone, une femme pleine de bienveillance reprend son dossier en direct et lui annonce :
- Bonjour Hope, effectivement nous avons retrouvé votre mère d'origine. Nous l'avons contactée afin de lui expliquer votre démarche, puis lui avons demandé si elle souhaitait avoir un contact avec vous.

À cet instant, le cœur de Hope multiplie les rebonds. Qu'a décidé cette femme sur un possible levé du secret ?
- Votre mère d'origine nous a transmis son numéro de téléphone afin que nous puissions vous le donner si vous êtes d'accord. Nous avons discuté longuement avec elle et elle est très heureuse de cette perspective de vous retrouver !

Hope n'en croit pas ses oreilles et reste bloquée sur cette phrase. Elle n'entend plus rien, s'imprègne immédiatement de cette nouvelle et reste estomaquée par la suite incroyable que trouvent ses recherches !
Bien sûr que la jeune femme est d'accord !

Elle note le numéro, la conversation téléphonique se termine, Hope remercie des centaines de fois son interlocutrice, et c'est avec des larmes de joie qu'elle raccroche le combiné.

Je m'appelle Hope. La vie me fait signe.

Hope, encore tremblante, compose le numéro sans vraiment trop réfléchir. Elle ne sait rien de ce moment, ne connaît pas la voix de cette femme qui est celle qui l'a mise au monde. La continuité d'un mystère qui peu à peu se dévoile devant elle.

Le téléphone sonne chez la femme dont elle attend tellement. Le répondeur s'enclenche. Ce n'est peut-être pas plus mal finalement ! Pour la première fois de son existence, depuis les neuf mois de sa vie intra-utérine, Hope entend la voix de sa mère. La magie de la vie dans toute sa beauté.

Hope laisse un message avec son numéro de téléphone. Elle raccroche et espère que sa mère la rappellera un jour.

Quand soudain….

Je m'appelle Hope. Un téléphone pour un pardon.

Le téléphone sonne.

Hope regarde le numéro qui s'affiche.

Ce numéro.

Son cœur semble s'arrêter un court instant, ses mains deviennent moites et tremblantes. Son cœur se serre, bat à quatre cents à l'heure au moins ! Tout se tortille dans son corps, tous se mélange dans sa tête !

C'est elle. C'est son numéro qui s'affiche sur l'écran.

Le téléphone continue de sonner, mais Hope, bouleversée, est en réalité incapable de décrocher...

C'est elle ! Celle qu'elle cherche depuis toutes ces années ! Celle qui « manque » à Hope depuis plus de vingt ans! Le téléphone sonne, mais Hope ne répond pas. Impatiente, excitée comme jamais, les larmes aux yeux, Hope est en réalité tétanisée. De peur et de bonheur. Elle tremble comme une feuille au milieu d'une tempête. Le téléphone ne sonne plus...

Hope attend... un message que cette femme déposera, elle l'espère, sur son répondeur ! Les secondes et les minutes passent. Que le temps paraît long ! Des secondes et des minutes qui paraissent des heures interminables.

Et puis soudain.... *Ting !*

La sonnerie annonce qu'un message a été laissé. Hope hésite. Que va lui dire cette femme ? Et si cette mère d'origine refusait de lui parler, de la voir ? Et si elle s'apprêtait à vivre un rejet ? Le trouillomètre en dessous de zéro, Hope, tremblante et stoïque, pianote fébrilement sur les touches de son téléphone : « Vous avez un nouveau message ». Sa « mère » lui a bien laissé un mot.

Une voix impossible à décrire tant l'émotion est immense à cet instant, se fait entendre. Une voix que Hope n'oubliera plus jamais. En un quart de seconde, la pression lâche, Hope ouvre les vannes, des larmes coulent sur ces joues, des sanglots la secouent, l'émotion n'a pas de mots suffisamment forts pour s'adapter au moment.

Sylvie a laissé un message à Hope : elle appelle son enfant par son prénom d'adoption. Elle lui parle avec une voix bourrée d'émotion. Quelques mots pour lui dire combien elle est heureuse de retrouver son bébé, tellement désiré.. Sylvie confie à Hope qu'elle attend avec une impatience débordante d'entendre à son tour la voix de son enfant. Cette mère au statut retrouvé redonne son numéro et raccroche en espérant si fort des nouvelles prochaines de sa fille.

Hope est en larmes. Ce moment qu'elle attendait tant arrive enfin. On est en juin. Elle ne le sait pas encore, mais elle est le cadeau d'anniversaire inespéré de cette mère retrouvée.

Il va falloir un peu de temps à Hope pour reprendre ce fichu combiné et laisser enfin à l'absence la possibilité de reprendre doucement un chemin de présence.

- Allô ?

Une voie timide et à peine perceptible devient le premier lien qui réunit ces deux femmes.

Hope va découvrir, au fil de cet échange, un peu de son histoire, les raisons qui ont été à l'origine de son abandon et surtout son prénom de naissance donné comme un héritage, par ses tous jeunes parents. À l'autre bout du téléphone, les serrements de cœur sont les mêmes

Comment imaginer retrouver son enfant?

Les mots ne sont pas suffisants pour tenter d'exprimer quoi que ce soit. Les deux femmes vont se retrouver quelques jours plus tard.

Je m'appelle Hope. J'ai vingt-cinq ans et tu m'as tant manqué...

«Le train TER à destination de Bourg-en-Bresse va entrer en gare ».

C'est l'annonce la plus anodine et en même temps la plus forte que Hope n'ait jamais entendue auparavant.

Ici et maintenant, la jeune femme va descendre de ce train et, pour la première fois depuis sa naissance, rencontrer, retrouver celle qui l'a portée durant neuf mois. Celle aussi qui lui a sauvé la vie en s'enfuyant de chez ses parents pour ne pas avoir à subir un avortement forcé. Hope va, pour la première fois, découvrir le visage de celle à qui elle ressemble.

Ça y est, le train freine pour entrer en gare. Mille questions se bousculent dans sa tête, jusqu'à celle, fatidique : « Est-ce que je descends ou pas ? »

Un comble ! Ça fait vingt-cinq ans que la jeune femme attend ce moment, et la voilà à se torturer l'esprit pour savoir si, finalement, elle ne devrait peut-être pas faire demi-tour ! Non, allez, bouge-toi, Hope et va jusqu'au bout de ta démarche.

Pas vraiment à l'aise et en même temps poussée par le destin, Hope descend du train et suit, comme un « robot », la foule de voyageurs qui se ruent vers la sortie de la gare. Le rendez-vous a été donné devant la sortie B ; reste à chercher ce visage, ces racines. Les deux femmes se sont envoyé des photos. Chacune sait un peu, à quoi ressemble l'autre. Mais la tâche ne s'avère malgré tout pas simple !

Pourtant on ne sait par quel instinct, ou miracle - peu importe le mot -, les regards de Hope et de sa mère biologique se croisent au bout de quelques secondes. Les yeux dans ceux de sa mère, c'est instantanément que Hope, pour la première fois, réalise qu'elle ressemble enfin à quelqu'un !

Une sensation étrange qu'elle n'avait jamais éprouvée auparavant.

Ressembler à quelqu'un d'autre.

Il a, en réalité, été très difficile pour Hope de grandir sans savoir à qui elle pouvait ressembler. Des centaines de fois, devant une glace, elle s'est imaginé des scénarios sur cette ressemblance ignorée. De qui avait-elle pu hériter ? À qui appartenait la couleur de ses yeux, leur forme, la teinte de ses cheveux, son corps si souvent maltraité.

Quand l'inconnu est la première pièce du puzzle de sa vie, alors son manque, quoi qu'il arrive, crie, hurle et pèse sur le développement psychique de l'enfant qui grandit.

Je m'appelle Hope. Enfin te voilà !

Revenons à ces retrouvailles !

Que d'émotion chez l'une et chez l'autre ! Un mélange de sidération, d'amour et de tendresse, des rires qui cachent des larmes de joie, tellement impatientes de couler. C'est en voiture que la mère de Hope va conduire sa fille chez elle. Une ambiance de timidité magnifique, de mots qui s'affolent et, parallèlement, qui ne sortent pas.

Rien ne se parle mais tout se vit !

Lorsque Sylvie ouvre la porte de chez elle, Hope découvre un univers qui lui ressemble étrangement, dans lequel elle se sent tout de suite bien, apaisée, calmée pour de bon. Un adoucissement instantané, surprenant et rassurant.

À partir de ce moment-là, va s'enchaîner une sorte de récit de vie. Sylvie veut savoir, tout savoir. Si son enfant a été heureuse, qui sont ses parents, sa famille, ce qu'a été sa vie, ce qu'elle est aujourd'hui. Une boulimie d'informations, comme pour tenter symboliquement de rattraper le temps perdu. Hope raconte, avec cette sincérité un peu abrupte qui la caractérise, ses joies, ses bonheurs, ses parents qu'elle aime tant, sa famille et ses réussites. Elle raconte aussi son mal-être passé, mais sans entrer dans les détails pour autant.

De son coté, Sylvie explique à son enfant retrouvée qu'elle l'attend depuis toutes ces années. Hope tombe de haut. Comment faire pour accepter que son abandon ai été d'une telle injuste souffrance pour cette femme ? Comment accepter d'entendre et de comprendre que cette naissance, la sienne, soit un mélange de mensonges, de manipulation, de racisme.

Et puis, parallèlement, Sylvie lui donne ce jour-là le plus beau cadeau de retrouvailles qui puisse exister : celui d'avoir été une enfant voulue, désirée, attendue et aimée depuis sa conception. Hope, qui pensait être née, par accident a aujourd'hui la certitude d'avoir été pensée, projetée, programmée et pleurée.

Hope apprend aussi que Sylvie n'est pas bien depuis sa naissance. Traumatisée, elle a réussi malgré tout, avec une force et un courage hors-norme, à reprendre goût à la vie et à se construire un quotidien de mère, de femme et d'épouse. Bref, une *recordwoman* de la résilience ! Je suis fière d'elle.

Ce jour-là est un jour plein de rebondissements émotionnels, tous aussi forts, tous aussi incroyables les uns que les autres.

Je m'appelle Hope. Mais que la vie est belle !

Après une après-midi qu'aucun mot ne pourra jamais décrire tant l'intensité des émotions est vive, Sylvie avance doucement l'éventualité de pouvoir faire rencontrer à Hope l'homme qu'elle a tant aimé : son père.

Waouh, mais bien sûr que Hope veut le rencontrer !

Sylvie et Alexandre se sont connus il y a vingt-six ans. À l'époque ils n'étaient que deux ados pas encore majeurs. Un amour, un projet de famille, un bébé, une histoire. L'histoire de Hope.

Et puis, après cette naissance difficile, traumatique pour tout le monde, Alexandre et Sylvie ont vu leurs chemins prendre un nouveau départ. Pourtant, l'amour qui les unissait est resté presque intact malgré les années.

Que sont-ils devenus ?

Sylvie a eu le bonheur de devenir maman une seconde fois. Et Alexandre, lui, papa plusieurs fois. Des vies qui leur ont permis d'avancer, mais sans jamais s'oublier. Sans jamais oublier non plus ce bébé qui leur avait été enlevé. Les hasards de la vie les ont fait se retrouver. Ils vivent dans la même ville ; seuls quelques kilomètres les séparent. Lui n'a jamais cessé de travailler. Il est resté dans la même entreprise, depuis son premier amour avec Sylvie. Elle s'est vu confier un poste de bibliothécaire. Une passion pour cette femme posée et réfléchie.

Durant toutes ces années, le lien qui les a unis vingt-cinq ans plus tôt ne les jamais quittés. Pour chacun d'eux, c'était le premier amour. Celui qui ne s'oublie pas. Et encore moins quand un bébé devient le fruit de cette première histoire.

C'est lors d'un appel à cet homme que Hope réalise toute la tendresse que ces deux anciens amants se portent aujourd'hui encore. C'est fantastique, unique, émouvant et ça la prend aux tripes. Sylvie, le téléphone à l'oreille, annonce à Alexandre, leur enfant, est là, près d'elle. Hope assiste sans voix à ce qui pourrait s'apparenter à un gag, si la réalité n'était pas aussi sérieuse. Au bout du fil, Alexandre peine à croire aux mots de Sylvie.

- Allô ?

Une voix d'homme se fait entendre au bout du combiné. C'est lui, Alexandre, le père biologique que Hope ne s'attendait vraiment pas à découvrir aujourd'hui !

Sylvie, dans l'émotion extrême, ne met aucune forme pour annoncer la nouvelle à l'homme qu'elle a tant aimé :

- Tintin ?
- Oui, c'est moi.
- J'ai notre fille à côté de moi, tu viens ?

Un long blanc s'ensuit. Quelques secondes qui paraissent des heures !

Alexandre bafouille, hésite, ne trouve pas ses mots et pense à une blague. Mais Sylvie insiste, lui explique la situation en trois mots. Puis, elle lui annonce qu'elle et Hope l'attendent chez elle. Alexandre semble totalement perdu, mais accepte de venir. Je crois qu'à ce moment-là, je suis dans le même état que celui que je m'apprête à découvrir pour la première fois ! Une stupeur toute douce, un imprévu de taille – et de choix ! –, quelque chose de totalement inimaginable est en train de se jouer ici. Inégalable, dénué de toute maîtrise. Je ne sais plus, je ne réfléchis plus, ma tête ne fonctionne plus, ou peut-être beaucoup trop, pour pouvoir accéder à une réflexion objective !

Il reste à attendre.

Un petit quart d'heure après avoir raccroché, l'interphone sonne. Ce qui est certain, c'est qu'il n'aura pas réfléchi longtemps avant de se rendre chez Sylvie ! En prenant le train, tout à l'heure, Hope s'apprêtait à faire connaissance avec ses racines, son histoire et celle qui l'avait portée durant neuf mois. Elle ne s'attendait pas à découvrir cet homme qui l'avait cherchée durant des années.

Je m'appelle Hope. Nous sommes en juin, j'ai la vingtaine passée et je sais enfin d'où je viens !

Quel plus beau cadeau, à cet instant, la vie aurait-elle pu offrir à Hope ?

Après l'interphone, c'est à la porte d'entrée que ça sonne. Impossible de reculer. Là aussi, l'émotion est à son apogée. Qu'il est difficile de mettre en mots ce qui se vit avec autant d'intensité, au plus profond des corps et des âmes.

Il faut imaginer la scène !

Alexandre, sur le seuil de la porte, se retrouve devant la femme qu'il a aimée et cet enfant, qu'il a crue trop longtemps décédé.

C'est un choc, pour tous trois. Chacun avec son histoire, son passé et son présent. Un choc et une montagne d'émotions où s'entremêlent les larmes et les rires. C'est incroyable, totalement improbable, irrationnel, déraisonnable et merveilleusement magique.

- Entre !

Et les voilà tous les trois réunis dans le salon du petit appartement.

Comment Hope se sent-elle à cet instant ? Aucune idée ! C'est étrange, très étrange. C'est beau, vraiment beau ! C'est rassurant, apaisant et stimulant aussi.

Ça ancre une vie, la vie de Hope, dans ce qui lui manquait depuis toujours : ses racines.

Tous les trois se regardent, se dévisagent, mais avant tout se serrent dans les bras ; ça faisait si longtemps !

Sylvie et Alexandre avaient fait une croix sur la petite fille née de leur amour. Pourtant elle était dans leurs pensées et ils la faisaient exister au sein même de leurs familles respectives.

Mais voilà…

Ils avaient dû se rendre à l'évidence : cette enfant était devenue grande ; pourquoi chercherait-elle ses racines, et surtout comment pouvait-elle faire pour les retrouver ?

Je m'appelle Hope. De morceau en morceau, le puzzle de ma vie se construit.

Vient le temps ou les émotions, qui valdinguent de tous les côtés, se réorganisent un peu dans l'esprit de chacun. Le temps de la sidération passée, c'est autour d'un goûter préparé par Sylvie que chacun essaie de se découvrir, de se redécouvrir. Pour Hope, il va s'agir de comprendre, connaître, et apprivoiser petit à petit cette histoire qui est la sienne. Tenter de se construire, en accolant les morceaux du puzzle de leurs vies, pour en faire son unique histoire.

Une histoire à deux visages, deux traces de vie, deux mondes et deux prénoms.

Hope est un prénom d'emprunt, utilisé pour ce livre, mais en réalité, derrière Hope, se cache un bébé, une enfant, une jeune fille et aujourd'hui une adulte, dont la vie a revêtu deux parcours, deux identités.

Lesquelles ?

La première est celle de la naissance : avec un prénom, donné par Sylvie et Alexandre et que l'enfant va garder pendant quasiment quatre mois. Un lieu de naissance aussi. Celui où le bébé est né.

La seconde est celle de l'adoption : avec un nouveau prénom, et un nouveau lieu de naissance.

Parce qu'être né sous X et adopté de façon plénière coupe définitivement tout passé de l'enfant depuis sa naissance. C'est avec tous ces bagages-là que Hope va devoir poursuivre sa route de vie. Cette jeune femme de vingt-cinq ans découvre avec beaucoup d'émotion, dans les yeux de ces deux adultes, combien elle a été une enfant désirée, voulue et rêvée.

Sylvie et Alexandre, de leur côté, essaient de réaliser le miracle qui se joue sous leurs yeux. Hope apprend qu'elle est grande sœur de deux demi-sœurs et deux demi-frères. Quel bonheur ! Alexandre est marié avec une femme fantastique que Hope découvrira peut-être plus tard.

Mais au bout de vingt-cinq ans, on ne revient pas aussi facilement que ça dans la vie des autres…

Je m'appelle Hope. La réalité me rattrape…

La fratrie, tellement rêvée elle aussi, met dès le départ un grand frein à la découverte mutuelle. Pourtant, Sylvie comme Alexandre ont fait vivre cet enfant au sein du cocon familial. Les frères et sœurs d'Alexandre, la sœur de Sylvie, toute la famille a malgré tout vécu ce drame vingt-cinq ans plus tôt. Les enfants d'Alexandre et la fille de Sylvie ont toujours su l'existence de cette sœur que les évènements de la vie avaient enlevée à leurs parents respectifs. La femme d'Alexandre a elle-même participé aux recherches de Hope à l'époque et soutenu son mari comme elle a pu avec tout son amour.

En vain…

Pendant des années, Hope va espérer une reconnaissance qui n'aura jamais lieu. La fille de Sylvie va même, dans une lettre malveillante, accuser Hope d'être responsable de la tristesse de leur mère depuis sa naissance. Quelle injustice ! Des mots douloureux, très douloureux, qui vont d'ailleurs pousser la jeune femme à refermer la porte de son cœur à cette mère qu'elle vient tout juste de retrouver. Parce qu'elle l'aime, la respecte plus que tout, et que jamais Hope ne veut être responsable de la douleur de Sylvie. En partant, elle veut juste finalement ne pas gêner, ne plus déranger…

Une lettre qu'elle va taire à Sylvie sur le moment. Par manque, pense-t-elle, de légitimité. Et pourtant…

Les fils d'Alexandre, eux aussi, refusent catégoriquement d'ouvrir leur cœur à Hope. Pas un mot, pas un contact, rien. Un néant semblable à une totale négation de l'existence de la jeune femme, jusqu'à ce que… Mais nous y reviendrons !

Pour Hope, c'est une véritable souffrance, mais sa résilience et son besoin de bonheur lui permettent de mettre ce rejet de côté et de profiter simplement de l'instant présent.

Ses retrouvailles !

Je m'appelle Hope. Je rencontre ma grand-mère qui rêvait ma vie.

La nouvelle des retrouvailles de Hope avec ses parents biologiques fait rapidement le tour des familles de ces derniers, à commencer par leurs parents respectifs.

Du côté d'Alexandre, son père et sa mère ont besoin d'un contact avec Hope, cette enfant qu'ils ont tellement rêvée, puis pleurée et enfin recherchée. Hope ne rencontrera pas physiquement, à cette époque, ses « grands-parents racines » de son histoire.

Un lien téléphonique avec cette dame âgée sera le seul que la jeune femme aura la chance de vivre. Mais qu'importe, car dans cet échange, la jeune femme ressent tout l'amour de cette grande dame, toute sa tendresse et tout son bonheur de pouvoir, après tant d'années, mettre une voix sur cette petite-fille, la première d'une grande lignée.

Je m'appelle Hope. Je rencontre ma grand-mère qui voulait ma mort.

Les mois passent et la mère de Sylvie est au plus mal. Sa santé se dégrade, elle est hospitalisée. La vieille dame est au courant des retrouvailles de Hope et de sa fille. C'est souvent dans les épreuves de fin de vie que les souvenirs enfouis resurgissent, laissant parfois place aux remords.

La vieille dame est consciente de son état de santé. Il ne lui reste que peu de temps à vivre et elle émet un souhait avant son départ : voir Hope.

Un choc, une sidération pour Hope. Jamais elle n'aurait imaginé une telle demande émanant de cette femme. La rancœur du passé n'est pas cicatrisée pour elle. À cette époque, la jeune femme en veut terriblement à ce côté de la famille. Un sentiment qui se rapproche étroitement de la haine. Hope s'est juré de ne jamais les voir.

Pourtant, Hope ne veut pas dire non à Sylvie. Celle-ci vit le départ imminent de sa propre mère. Quoi de plus terrible ? Elle ne veut pas surenchérir à sa peine. La jeune femme accepte alors, un peu à contrecœur et minée par une révolte silencieuse.

Mais elle y va.

Arrivées à l'hôpital, c'est dans une chambre impersonnelle que les trois femmes – trois générations – se retrouvent. Hope n'est pas à l'aise, elle ne sait pas quoi dire ni quoi répondre aux questions que, très vite, cette grand-mère de racines lui pose. La jeune femme rêve de pouvoir lui dire ce qu'elle pense vraiment, de lui hurler sa colère, et de lui crier qu'elle n'a pas réussi à l'évincer de la vie de sa fille et qu'elle ne l'a pas tuée.

Mais Hope reste stoïque, docile et répond avec le sourire à cette femme âgée qui dit être sa grand-mère.

À la suite de cette après-midi, la vieille dame succombe rapidement. Comme s'il ne lui avait pas été possible de partir sans se faire pardonner un secret bien trop lourd à porter. Sa rencontre avec Hope est un secret qu'elle garde en elle, laissant son mari dans l'ignorance de cette rencontre.

Durant des années, Hope s'en voudra de ne pas avoir osé dire non à la demande de Sylvie. Des années à détester ce moment qu'elle a subi plus que vécu. Les semaines et les mois passent.

Hope range ses frustrations et sa colère de côté et avance ! C'est finalement ce qu'il y a de mieux à faire. Hope est bien consciente que ce qu'elle vit à ce moment-là est unique et presque de l'ordre du miracle. Combien d'enfants nés sous X retrouvent-ils un jour leurs racines ? Et quand bien même ! Combien arrivent à retrouver plusieurs pièces du puzzle de leur vie passée ? Hope est chanceuse ! Très chanceuse !

En découvrant son histoire et ses origines paternelles, Hope comprend aussi l'attirance qu'elle ressent depuis toute jeune pour les caravanes, les gens du voyage. Et puis il y a des dates. Incroyables hasards ou magnifiques signes du destin !

D'abord, la naissance des deux aînés de Hope.

Des jumeaux, nés avec deux mois d'avance. Ils étaient prévus un 4 août, et sont nés un 3 juin. À leur naissance, Hope et le papa des futurs bébés ignoraient encore tout des origines biologiques de la jeune femme. Mais quand Hope a retrouvé ses racines, une surprise étonnante l'attendait !

En effet, Sylvie est née un 3 juin.

Il y a aussi la naissance du troisième petit garçon de Hope, né un 22 octobre. Comble du hasard, c'est aussi la date du mariage d'Alexandre et de sa femme.

Seuls les deux petits derniers de Hope n'auront pas de lien de date avec l'histoire de ses racines. Les petits trésors sont nés alors que la jeune maman avait déjà retrouvé ses origines. Ces petits êtres n'ont donc pas besoin de porter avec eux des symboles de vie permettant à Hope des liens ancrés avec son passé.

Je m'appelle Hope. Le temps perdu se rattrape !

Durant quelques années, Hope, Sylvie et Alexandre se retrouvent régulièrement ! Ils ont tant de choses à se dire, à partager, à apprendre les uns et des autres. Comme un besoin infini de recréer des liens.

Hope, très vite, leur présente son mari et ses enfants ; quatre petits garçons qui n'ont pas encore l'âge de tout comprendre de cette histoire, qu'ils vont devoir intégrer comme la leur. Hope a toujours beaucoup parlé à ses enfants. Cette jeune maman marquée par le secret a fait de la vérité une priorité. Du haut de leur jeune âge, les garçonnets ont vécu les recherches de leur maman à leur façon.

Hope leur a expliqué, sans rentrer dans les détails mais ils savent. C'est leur histoire, à eux aussi. Une histoire belle et magnifique, presque magique. Ils font partie de ce lien de vie, et c'est avec une simplicité et une spontanéité dignes de leur jeune âge qu'ils accueillent Sylvie et Alexandre.

La jeune femme fait connaissance avec Nanine, une cousine d'Alexandre. Gardienne de l'immeuble de Sylvie ; le monde est petit ! Ou est-ce, là encore, un signe de la vie ? Comme pour offrir à Hope un nouveau morceau de puzzle de son histoire.

Nanine : un petit bout de femme, le cœur sur la main, maman deux filles de l'âge de Hope, ou presque. Hope va immédiatement s'attacher à cette femme qui lui inspire douceur et confiance. Elles se croisent souvent, lors de ses venues régulières chez Sylvie. Hope dort chez elle de temps en temps, s'invite à manger et écoute, passionnée, les récits d'un passé familial qu'elle découvre. Une image maternelle de plus qui offre à Hope un amour sincère et précieux.

Mais pour Hope, même si, en apparence, tout paraît magnifique, en réalité les choses ne sont pas si simples que ça. En effet, elle doit annoncer à Jacques et Chantal que ses recherches, engagées depuis des années, ont abouti, et partager ces retrouvailles avec son histoire. Ses parents étaient bien au courant du besoin viscéral que ressentait Hope de connaître son passé. C'est en soi tellement légitime ! Mais pour autant, pour eux, c'est terriblement angoissant. Une peur presque primale de perdre leur enfant, leur place auprès d'elle, les étreint.

Et pourtant, rien de tout cela dans l'esprit de Hope. Juste un besoin de savoir. Ses parents adoptifs sont *SES* parents, totalement. Elle les aime plus que tout. Ce sont eux qui ont toujours été là, depuis ses quatre mois, et c'est grâce à eux qu'elle est ce qu'elle est aujourd'hui.

Une jeune femme épanouie, heureuse, qui a su se créer un foyer, une famille et s'entourer d'amis chers.

Hope préfèrerait presque taire ce qu'elle souhaite pourtant partager. Pour ne pas blesser, pour ne pas heurter ses parents adorés. Hope ne leur en veut pas. Elle comprend. C'est comme ça. Les photos, elle n'en montre pas non plus. Et pourtant, elle aurait tant voulu que ses quatre parents puissent se connaître.

Parce que, après tout, elle est issue de tant d'amour ! Un amour démultiplié ! C'est extraordinaire !

Marie, son éducatrice, est l'une des premières avec qui Hope partage ses retrouvailles. Marie et Hope ne se sont jamais lâchées. L'éducatrice a toujours eu une place de choix dans la vie de la jeune femme.

L'avertir est, pour la jeune femme, essentiel.

Ce n'est que plusieurs années plus tard, que Hope ose partager avec quelques cousines et tantes, les photos de ses liens biologiques. Elle reçoit un accueil touchant et empli de bienveillance.

Quel bonheur !

Une reconnaissance qui lui fait du bien, qui la rassure.

Hope ressent un intérêt particulier pour le monde manouche. Elle apprend leur histoire, leurs origines, leurs coutumes et leur dialecte.

Physiquement, la jeune femme change, ou peut-être se trouve-t-elle enfin ? Elle laisse pousser ses cheveux et commence enfin à s'aimer. Ça se voit, ça se sent, ça se lit ! Hope prend soin d'elle comme jamais elle ne l'a fait auparavant. Elle se trouve un style vestimentaire qui lui correspond, se remet au sport, commence à affirmer ses idées et finalement s'apprête à vivre enfin sa vie !

Je m'appelle Hope. Et si je faisais le pari de m'aimer ?

Hope vit une transition vers une nouvelle naissance. Une de plus dans son histoire ! Celle qui ancre fermement la jeune femme dans le cycle du monde. Elle est enfin *elle*. Un changement qui ne passe pas inaperçu auprès de son entourage.

La jeune femme est apaisée, pleinement heureuse et ça se voit !

Je m'appelle Hope. Le passé nous rattrape.

Après cette période de lune de miel qui dure entre trois et quatre ans, les choses se dégradent un peu. En effet, il n'est pas si simple, pour Sylvie et Alexandre, de se retrouver après toutes ces années. Cet amour avorté, la construction de leur vie chacun de leur côté, la présence de Hope. Malgré tout, des explications sont nécessaires, Ils doivent se parler, mettre des mots qui n'avaient jamais pu être posés. Rien d'évident.

Hope fait les frais de cette situation et reçoit une fois encore un retour de bâton.

Sylvie et Alexandre ont besoin de se revoir, laissant Hope un peu à l'écart. Pendant un moment, Sylvie refuse catégoriquement de revoir cette enfant tombée de nulle part. Plusieurs mois passent ainsi, pendant lesquels la jeune femme, sans trop en comprendre les raisons, vit un nouvel abandon.

Une descente émotionnelle vertigineuse et cruelle. Hope n'était pas préparée à un tel revers. Et puis il y a les dommages collatéraux de ce rapprochement que subissent les familles des anciens tourtereaux.

C'est chez Nanine que Hope trouve refuge. Cette tante, douce et bourrée d'amour, l'accueille dès qu'elle en ressent le besoin. Nanine a compris combien Hope avait besoin de vivre et de s'imprégner de ses racines. Une stabilité affective qui aide la jeune femme à dépasser ce nouvel abandon, bien difficile à vivre...

Malgré son âge, et la maturité qui va avec.

Malgré son statut de mère de famille.

Malgré tout ce qui s'est construit, tout ce qu'elle a surmonté, dépassé, accepté, les vieux démons de Hope la rattrapent pour la première fois depuis ses onze ans.

Je m'appelle Hope. Retour dans le passé.

Hope ne sait pas gérer l'absence, le rejet, l'abandon de celle qui lui a tant manqué, qu'elle a tant cherchée. Sa mère biologique lui manque. Son refus soudain de la voir hante la jeune femme. Effondrée, démunie et perdue comme jamais, Hope fuit un soir, sans crier gare, de chez Nanine.

Hope tente d'échapper à l'abandon qu'on lui impose à nouveau. Durant des heures, la jeune femme vagabonde au cœur de la nuit, dans les rues de cette ville qu'elle ne connaît pas. Nanine, morte d'inquiétude, tente de l'appeler, mais Hope ne répond pas. C'est ce fichu traumatisme qui la suit, qui la dépasse, qui la poursuit, et qu'elle n'arrive pas à dépasser. Des heures durant, la jeune femme marche sans but précis. Elle rêve que sa mère biologique a été alertée, prévenue de la situation et qu'elle va venir la chercher.

C'est finalement la seule chose qu'elle espère encore à cet instant.

Sylvie ne viendra pas.

Nanine a pourtant essayé de la joindre, mais Sylvie n'a pas répondu et ne se doute pas un seul instant de la détresse de sa fille.

Les Manouches sont avant tout des femmes et des hommes dont la solidarité et les valeurs familiales sont ancrées en eux comme un trésor à vivre, à partager et à transmettre. Nanine avertit les cousins, la famille, de la fuite de Hope. Il fait nuit, il n'est pas loin de minuit, la sécurité de Hope n'est pas assurée.

C'est avec un élan infini de bienveillance, de tendresse familiale et d'amour débordant que des cousins de Hope prennent leur voiture et tournent, retournent dans tous les recoins de la ville pour la retrouver.

À force de persévérance, Hope est repérée. Enfin ! Après négociation et beaucoup d'insistance, Hope accepte de rejoindre cette famille racines.

Avec énormément de douceur et d'amour, Nanine accueille les larmes de Hope et lui fait entendre que, quoi qu'il arrive, elle sera toujours là pour elle et le restera tout au long de sa vie. Un message important pour Hope, qui la rassure et lui permet de se poser, dans un début de confiance.

Les mois passent, la situation se stabilise de ce côté de la famille et c'est tant mieux !

Parce que du côté de sa famille bonheur, les nouvelles ne sont pas belles.

Je m'appelle Hope. Maman, ne me laisse pas !

Hope perd sa maman des suites d'une longue et douloureuse maladie. Difficile à accepter. Parce que finalement, les liens avec cette maman tellement aimée n'ont que peu existé dans les souvenirs conscients de Hope. Très tôt, les conséquences de l'adoption ont travaillé durement le psychique de l'enfant, provoquant rejet, colère et détresse envers cette mère qui ne demandait pourtant qu'à aimer sa fille chérie.

Et ce n'est finalement qu'en devenant maman à son tour que la jeune femme a réussi à reconnaître sa maman adoptive comme sa maman de vie, sa maman inégalable, sa maman irremplaçable. Cinq ans... Seulement cinq ans pendant lesquels les deux femmes vont apprendre le lien mère-fille, le découvrir et commencer à le savourer. C'est peu, trop peu mais il existe et il restera gravé dans les cœurs de l'une et de l'autre, pour l'éternité. Je t'aime, maman !

Des parents « doubles racines » pour aimer et construire. Il y a ceux qui ont créé sa vie, bravant les interdits, et ceux qui lui ont ouvert leurs bras et leurs cœurs, faisant d'elle leur enfant et faisant d'eux ses parents. Une réalité d'une richesse extraordinaire, dont Hope est fière de pouvoir être le fruit.

Les amours de jeunesse parfois durent toute une vie, mais il arrive aussi que la jeunesse ait raison de cet amour.

Je m'appelle Hope. La vie n'est pas un long fleuve tranquille.

Hope s'est fiancée très jeune, mariée un peu moins jeune, et elle est devenue maman de cinq enfants à tout juste trente ans. Un an après le décès de sa maman, Hope voit le départ du père de ses enfants. Une décision difficile à vivre pour elle. Hope rêvait d'une famille qu'elle pensait parfaite : un papa, une maman et des enfants. La voilà confrontée à une nouvelle réalité : le départ.

Un départ qu'elle vit inexorablement comme un nouvel abandon et avec lequel elle a du mal à être en accord. Pour autant, c'est avec une volonté infinie de vie que Hope se bat pour surmonter cette épreuve. Sa seule force : ses enfants.

Pour eux elle se lève à cinq heures et se couche à une heure du matin. Elle veut que sa maison soit propre, que ses enfants brillent de netteté, que le pain soit chaud, que les vêtements soient repassés, qu'il n'y ait aucun retard de machine, qu'aucune miette ne traîne au sol.

En réalité, Hope a peur que la société la juge incapable d'élever seule ses enfants. Sa hantise est que les services sociaux lui prennent la chair de sa chair. Leur père est aux abonnés absents, se désintéresse de ce qu'il a construit et laisse sans nouvelles cette famille qu'il avait, lui aussi, en apparence, rêvée. Hope est bien entourée. D'amis bien sûr, mais aussi et en particulier de son papa, Jacques. C'est lui et grâce à lui que Hope et les garçons arrivent à avancer, à rire et à maintenir cette vie si précieuse. C'est lui qui compense affectivement l'absence du père, mais aussi éducativement et financièrement. C'est lui également qui contribue matériellement au soutien de sa fille et de ses petits-fils. Malgré son travail, Hope peine à boucler les fins de mois. Son papa est là et heureusement ! Un ange, un papa et le grand-père sacré des enfants.

Les mois passent. Hope retrouve à nouveau Sylvie. Celle-ci a pris du temps pour réaliser la nouvelle présence de Hope. Elle semble apaisée et prête à accepter pleinement son enfant dans sa vie.

De son côté, la jeune femme a des comptes à régler. Et c'est avec toute cette rage de justice qui l'habite, qu'elle décide, un matin, de téléphoner à l'homme qui a négocié l'annonce de son décès, plus de trente ans en arrière.

Hope a besoin d'exister aux yeux de cet homme, qui a tout d'abord souhaité sa mort et qui, par la suite, a provoqué son abandon tout juste après sa naissance.

Sans trop réfléchir, Hope cherche le nom et le prénom qui sonnent dans sa tête comme ceux de l'unique responsable de son début de vie chaotique.

Pas un mot à Sylvie. Elle le saura plus tard. Hope ne veut pas être arrêtée dans sa démarche. Elle sait qu'en en parlant à sa mère biologique, elle prend le risque que celle-ci ne soit pas d'accord, et de ce fait, cherche à influencer sa démarche. Et ça, elle ne le veut pas.

Hope a besoin de reprendre une place, la sienne. Une nécessaire affirmation de son existence.

Hope ne lâche jamais ce qui lui tient à cœur et ce qu'elle ressent comme une aide pour avancer dans sa vie. Ce grand-père biologique va l'apprendre à ses dépens.

Le téléphone sonne chez cet homme d'un certain âge, veuf et à la retraite depuis déjà de nombreuses années.

Hope est remontée et pleine de colère.

Un « allô » se fait entendre à l'autre bout du téléphone : ça y est, pour la première fois de sa vie, Hope entend cette voix, la même qui a provoqué son abandon. La même qui a négocié l'annonce ignoble de son décès le jour même de sa naissance.

- Monsieur X ?
- Oui
- Bonjour, Monsieur X, je suis Hope, vous savez, celle que vous avez voulu tuer en imposant un avortement à votre fille. Celle que vous avez fait en sorte de déclarer morte à la naissance et celle que vous avez mise à l'adoption, en

forçant votre fille à l'abandonner. Ben, c'est moi, je suis là, bien vivante, et sachez que j'ai retrouvé Sylvie, votre fille, et mon père, Alexandre aussi. Vous savez, le Manouche ? Vos magouilles n'ont pas marché et l'accouchement sous X n'a pas été suffisant. Bonne continuation.

Des mots sortis d'une traite, sans réflexion aucune, juste une rage de vivre, un besoin presque vital de ne jamais être oubliée par cet homme.

Aujourd'hui, plusieurs années après, je ne regrette rien de ce coup de téléphone, froid, presque odieux, un brin insolent, mais ancré en pleine réalité. Je n'ai jamais su ce qu'avait pensé ce monsieur de cet appel brutal. Je ne le saurai jamais et ne le souhaite de toute façon pas. Chacun son chemin. La vérité est faite de ce côté, et c'est pour moi la seule chose qui importe.

Une période, des années où le papa et la maman de Hope, Jacques et Chantal, ne sauront rien ou presque des luttes de leur fille, de ses combats pour la vérité, de ses élans de justice, parfois acharnés. Parce qu'elle sait que ces retrouvailles sont autant de douleurs pour ces parents qu'elle aime infiniment. Des parents qu'elle veut préserver et protéger par amour.

Les années passent...

Hope devient maman une cinquième fois. Le papa est un homme qu'elle a rencontré quelque temps après le départ du papa des garçons. Elle lui voue un amour profond, mais les relations se compliquent, et quelques temps plus tard, c'est une nouvelle séparation. De cet amour, naît trop tôt une petite princesse nommée Amandine. Son cœur est malade. Trop malade pour survivre. Aucun mot ne peut décrire la douleur qui déchire le cœur. Une douleur que même l'éternité ne suffira pas à cicatriser. Et Hope devient *mamange*, maman d'un ange. Une petite choupette présente et vivante pour toujours au sein de l'histoire de vie de Hope et de ses quatre garçons.

Je m'appelle Hope. La vie, toujours la vie !

Les quatre trésors de vie de Hope ont bien grandi. Ils sont devenus de jeunes adultes et adolescents, fantastiquement bienveillants, altruistes, tolérants et infiniment gentils. Des enfants magiques, les plus aimés du monde. Protégés et couvés par une mère à la fois louve et lionne. Ils sont grands ou presque grands, indépendants ou presque indépendants, dotés d'une volonté de réussir hors-norme et d'une persévérance qui, à elle seule, franchit tous les obstacles. Accompagnés pendant toutes ces années par leur papy tant aimé qui, jour après jour, reste là, toujours là, pour aider sa petite famille, parfois pas loin du gouffre, mais toujours pleine de vie.

C'est dans ce chemin de vie que Hope se voit offrir un cadeau inattendu.

Incroyable vie, incroyable bonheur !

Nous sommes tous libres de croire au hasard, ou au destin. Hope a presque toujours cru au hasard de la vie et des rencontres.

Rien de plus que des ça tombe à pic ! » Mais cette fois-ci, Hope commence à se poser sérieusement des questions.

Je m'appelle Hope. Quand je vous dis que le passé se rattrape !

Durant des années, Hope travaille comme soignante, en EHPAD essentiellement. C'est ici qu'elle aime prendre soin et s'occuper des personnes âgées dont elle a la charge, les accompagner, les aimer aussi et rire avec elles.

Un travail physiquement fatigant, mais qu'elle affectionne particulièrement.

Embauchée depuis peu dans un nouvel établissement, Hope aperçoit, sur la liste des résidents d'un étage dont elle n'a pas la responsabilité, un nom de famille qui l'interpelle immédiatement. C'est en effet le même que celui de son père biologique. Le prénom qui l'accompagne correspond à celui de son « grand-père. Racines »

Hasard banal ou incroyable destin ? C'est ce que Hope va décider d'éclaircir le soir même !

Un appel à Alexandre dont elle n'a plus de nouvelles depuis des années, va confirmer ses doutes sur l'identité de ce résident. Il s'agit bien de son grand-père biologique. Vous savez, celui qui, à la naissance de Hope, l'attendait avec la plus douce des impatiences ! Celui qui aurait tout donné pour pouvoir adopter cet enfant, son premier petit enfant !

Celui qui, durant toute sa vie, a pensé à ce bébé devenu grand.

C'est lui, mon pépé, mon adorable pépé !

Une bousculade phénoménale s'installe dans l'esprit de Hope. La vie ne finira donc jamais de ponctuer son existence de surprises, d'imprévus, de traces du passé, de morceaux de son histoire ?

Hope se sent à la fois sur un petit nuage et dans les abîmes de l'angoisse ! Elle et Alexandre s'entendent pour se retrouver à l'EHPAD dès le jour suivant. Hope veut rencontrer ce grand-père tombé du ciel, mais n'ose pas le faire seule. Le vieil homme a perdu une partie de la mémoire. Se retrouver devant lui seule est, pour elle, inenvisageable. Alexandre arrive donc dès l'après-midi suivante. Une situation très inconfortable pour Hope.

En effet, d'un côté, ses liens avec son père biologique se sont dénoués, et de l'autre un incroyable coup de destin qui se révèle à elle.

Une envie de reculer et de tout laisser tomber une nouvelle fois ! Tétanisée par la peur de la réaction de son grand-père biologique, Hope se prépare et se conditionne. Elle se persuade que rien ne peut se passer, que cet homme a tout oublié et que dans trois minutes elle sera sortie de la chambre.

Hope et Alexandre se retrouvent là, derrière la porte de cette chambre. Hope ne sait pas, ne sait plus. Ensemble ils entrent.

Là, sur un fauteuil, Hope aperçoit un homme magnifique, les yeux bien ouverts, habillé de façon classe, qui a l'air d'attendre que le temps passe. C'est lui, c'est son grand-père.

Nous sommes en décembre et il y a quarante ans, à la même période, ce pépé apprenait, tout comme Alexandre et Sylvie que Hope était finalement en vie. Des recherches vaines, des préjugés hâtifs avaient eu raison de l'obstination de cet homme et de sa femme. Quarante ans plus tard, ce même mois, le destin leur offre la plus belle histoire de Noël.

« Papa, je te présente Hope, ta petite fille. »

Une belle entrée en matière ! Décidément, que ce soit Alexandre ou Sylvie, on peut dire que les annonces sont plutôt directes !

À partir de cet instant du récit, Hope va se transformer en « je ». Parce que Hope, c'est moi, et que ce passage-là, j'ai besoin de le revivre à la première personne.

Là sur son fauteuil, mon pépé me regarde et, sur le moment, n'a pas l'air de bien comprendre de quoi il retourne. Je m'approche timidement de lui et me sens, d'un seul coup, si petite. Je ne sais si je dois tendre la main ou la joue. J'opte pour la main. Ce à quoi

Alexandre me rappelle à l'ordre instantanément : « Hope, c'est ton grand-père ! »

Je comprends, à l'instant où j'entends ces mots, que la poignée de main est effectivement déplacée. Mais comment aurais-je pu savoir que ce grand-père, tombé dans ma vie sans crier gare, accepterait que je l'embrasse dès les premiers instants de nos retrouvailles ?

Je m'approche alors de mon pépé, (c'est comme cela que tous ses petits-enfants l'appellent), me penche vers lui et l'embrasse timidement, mais avec une émotion qui, aujourd'hui encore, est très vive.

C'est un instant indescriptible ! Il est à la fois doux, heureux, merveilleux, angoissant, rassurant. Un ascenseur émotionnel que seul le cœur, au plus profond de lui, vit, ressent et savoure.

À cet instant précis, je ne sais pas encore si mon pépé va se souvenir, s'il va m'aimer ou me rejeter. Quelques minutes interminables, pendant lesquelles, secrètement, j'espère un miracle de la vie – encore un, je l'avoue.

Alexandre interpelle de nouveau mon grand-père :
- Papa, c'est Hope.
Et là….

C'est maintenant que *je* vais réintégrer mon histoire. En récupérant le pronom *je*. Eh oui ! Mon pépé vient de me reconnaître ! La boucle est bouclée. Impossible de continuer à se « cacher » derrière Hope !

Aujourd'hui encore, à l'écriture de ces mots, mes larmes coulent toujours de joie, d'émotion et d'amour.

Le regard de mon grand-père croise celui d'Alexandre, puis le mien, puis de nouveau celui d'Alexandre, puis de nouveau le mien. Un silence, de quelques secondes, passe puis ces mots, qui resteront à jamais gravés dans ma mémoire :

- Hope ? Mais elle n'est pas morte, Hope ?
- Non papa, Hope est vivante, c'est elle !
- Hope est vivante ? Elle n'est pas morte ? C'est toi, Hope ? demande-t-il en se tournant vers moi.

Tout doucement alors, je lui prends la main, me rapproche de lui, me colle à son fauteuil et lui dis exactement ceci :

- Non, pépé, je ne suis pas morte, c'est moi, Hope, et je suis vivante.
- C'est toi, Hope ? Tu n'es pas morte ?
- Oui, pépé, c'est bien moi, Hope.

Dans ses yeux, de l'amour et une sidération profonde. Des larmes coulent. Instant unique. D'une force indescriptible. À cet instant, plus rien d'autre n'existe, nous sommes, pour ces quelques secondes, seuls, lui et moi.

Quarante ans ! C'est le nombre d'années qu'il aura fallu à la vie pour forcer le destin et permettre à l'amour de gagner sur la bêtise et l'injustice. Parce que, quoi qu'il arrive, l'amour gagne toujours !

Nous sommes je crois, à cet instant, tous les trois totalement chamboulés.

Mon pépé réalise et comprend que sa première petite fille, qu'il avait perdue il y a plus de quarante ans, et pour laquelle il avait effectué tant de recherches afin de la retrouver et de l'adopter, est aujourd'hui ici, devant ses yeux.

Vivante.

Est-ce l'oubli dû à la maladie, ou bien le fait qu'il n'ait pas été mis au courant de mes retrouvailles, tout simplement, qui ont fait de cet instant une incroyable surprise ? Finalement, je ne le saurai pas. Bien des zones d'ombre planent toujours sur l'histoire invraisemblable de ma vie. Pour autant, ce moment restera inscrit dans mon cœur pour l'éternité.

Je savoure encore plus que d'habitude tous ces instants que la vie m'offre. Parce que, plus que jamais, c'est un cadeau d'une richesse infinie et d'une rareté qu'il faut savoir apprécier. Nous passons une partie de cet après-midi ensemble, lui, moi et mon père biologique. Sa main ne lâche pas la mienne. Et les miennes restent serrées dans la sienne.

Je m'appelle Hope. Je t'aime tant, mon pépé.

Parfois, il n'y a rien à dire, ou si peu. L'amour parle de mille manières. Le regard, le toucher, le silence.

Joseph, mon pépé, s'enquiert de savoir si j'ai des enfants ! Malgré son état de démence.

« Oui pépé, quatre garçons, qui viendront te voir très bientôt, et une petite fille tout juste née, partie trop tôt. »

Il semble heureux, mon pépé de quatre-vingt-dix ans ! Et je crois qu'il est !

La vie offre des cadeaux magnifiques. L'amour est toujours gagnant quoi qu'il arrive.

Décembre. Ce mois qui sonnera à jamais comme un mois de fête, de retrouvailles, de vie. Il y a plus de quarante ans, en décembre, Alexandre et Sylvie apprenaient que leur enfant était en vie. Après six mois d'un deuil impossible à vivre. Plus de quarante ans plus tard, en décembre aussi, c'est avec son pépé que ce cadeau réapparaît ! Même le hasard du calendrier participe d'une certaine façon à ces émotions douces et emplies d'amour. Décembre est un mois imprégné d'une saveur particulière.

Je m'appelle Hope et la vie me fait des clins d'œil.

Ce travail, que j'effectuais déjà avec tellement de passion, devient au fil des jours un rendez-vous quotidien avec mon pépé.

Un bonheur sans nom, rempli d'émotion. Chaque jour, je passe un moment avec mon grand-père retrouvé. Je le veille dans sa vie quotidienne, et en particulier pendant les repas pris dans la grande salle à manger, en m'assurant que rien ne lui manque.

C'est ainsi que je remarque l'absence quotidienne de café pour mon grand-père. Sa difficulté à déglutir oblige le personnel à gélifier son eau. Mais pas son café.

À la recherche d'une explication, et avec l'accord de ma hiérarchie, je gélifie le café de mon pépé. Quel bonheur peut-on lire dans le regard de cet homme !

Un rituel qui s'installera à chaque fin de repas de midi, entre Joseph et moi.

Je m'appelle Hope. La vie est une fête !

Quelques jours s'écoulent à ce rythme, emplis de douceur et de bonheur. Arrive mon premier Noël aux cotés de ce grand-père. Voilà plusieurs jours que je cherche un cadeau à offrir, à mon pépé bonheur.

C'est un pull que je lui choisis ! Mon pépé a l'air heureux.

Et moi aussi.

Je m'appelle Hope. Adieu, mon pépé.

Depuis quelques jours, Joseph est sous oxygène pour une énième pneumonie. Depuis des années, celui-ci est régulièrement en proie à cette pathologie. Avec un traitement et du repos, généralement les choses passent comme elles sont venues. Mais celle-ci semble devenir plus fatigante, moins pressée à disparaître. Pendant plusieurs jours mon pépé se bat, avec tous les moyens mis en œuvre pour l'aider à gagner ce nouveau combat. Pour autant, les choses se compliquent.

Je m'appelle Hope. Mon pépé, on s'était dit à demain !

C'est un matin, à ma prise de poste, que Joseph s'en va. Doucement. La veille au soir, je me trouvais encore à ses côtés, lui tenais la main en lui racontant ma journée, mais...

Ce lendemain sera le dernier.

Les obsèques ont lieu quelques jours plus tard. Joseph est enterré avec le pull que je lui ai offert. Un hommage fabuleux. Je reste en retrait dans cette grande église à l'allure froide et à l'aspect sévère. Je ne trouve pas de place et n'ose m'imposer. Je reste donc seule au dernier rang et retiens mes larmes comme je peux.

Je m'appelle Hope. Ton absence est bruyante.

Quelques jours plus tard, je démissionne de mon poste. Une démotivation soudaine, une réflexion rapide. Un secteur que j'aime, pourtant. La vie m'a menée sans que je m'en rende compte vers mes origines, vers ce grand-père si souvent pensé, si souvent imaginé. Cette vie aussi puissante que magique nous a guidés l'un vers l'autre. Un lien nécessaire et presque vital. Un pépé magique, merveilleux, doté d'un amour infini, et dans lequel je me suis retrouvée. Jamais je n'aurais imaginé un tel cadeau de l'existence. La vie est une force unique qui guide chacun d'entre nous vers son propre destin. Une vie qui se crée et s'écrit, dès lors que le cœur est à l'écoute. L'histoire de la vie de Hope, mon histoire est celle de dizaines de morceaux de puzzles racontant chacun un pan de ce fabuleux conte. Rassemblés bout à bout, ils écrivent le merveilleux destin d'une vie. Un mélange de surprises, de doutes et d'espoirs qui offrent à l'âme une magnifique sérénité.

C'est ce que, jour après jour, année après année, la vie m'a appris et continue aujourd'hui à m'enseigner.

Je m'appelle Hope. La vie continue.

Le décès de mon pépé marque un tournant dans cette histoire. Les liens avec mon père biologique ne se recréent pas. Un sentiment paradoxal me plonge dans un mal-être important. Profondément marquée par l'abandon, j'ai le sentiment d'abandonner à mon tour pour la première fois. Qu'il est difficile d'assumer cette émotion ! Mais je sais aussi combien cette relation est toxique. Les années passées m'ont prouvé qu'il était bien trop compliqué de vivre sainement ce pseudo-lien paternel. Alexandre reste marqué par son histoire, ses joies mais aussi ses épreuves. Il n'y a pas de place pour moi. En tout cas, pas une place sereine. Partir pour vivre mieux, c'est ma décision.

Je m'appelle Hope. Je rebondis !

Une fois la porte de cet EHPAD fermée définitivement, je passe quelques semaines à envoyer lettres de motivation et CV à différentes structures. C'est auprès d'un autre établissement, dédié à la même vocation, que je me positionne. Une structure proche de chez moi. Un premier rendez-vous me confirme mon embauche prochaine. Et c'est lors du second entretien, à la signature de mon contrat, que les évènements se bousculent à nouveau.

En effet, une fois le contrat validé, la directrice m'invite à visiter la structure, et c'est au détour d'un couloir que cette histoire connaît un nouveau rebondissement !

En une fraction de seconde, je me retrouve nez à nez avec un homme dont les traits physiques me renvoient un déroutant effet-miroir

Cet homme paraît un peu plus jeune que moi. La directrice me présente immédiatement :

- Bonjour Eddy, je vous présente Hope, qui va commencer à travailler avec nous prochainement. Hope, je vous présente Eddy.

Puis elle me cite la fonction de cet homme au sein de l'établissement. Nos regards se croisent à la vitesse de l'éclair et, mystérieusement, tentent de s'éviter. Lui comme moi paraissons spontanément gênés.

Et pour cause !

La visite se poursuit. Je reste avec cette image dans la tête. Cet homme, je le sais, ne m'est pas inconnu. Son visage, sa taille, sa stature, tout me pousse à penser qu'il s'agit de mon demi-frère Eddy.

De retour chez moi, je m'affale sur le canapé, submergée par l'émotion et intriguée par ce hasard. Je suis en train de vivre un ascenseur émotionnel. Je n'avais jamais vu Eddy avant aujourd'hui, mais maintenant je le sais et j'en suis sûre : cet homme, c'est lui. Lui de qui j'espérais un signe depuis des années. Il est là, pas loin et je vais travailler dans le même établissement que lui ! Incroyable destin, vous ne trouvez pas ? La confirmation ne se fait pas attendre. Alors que je me projette déjà naïvement dans un nouvel espoir de retrouvailles, la sonnerie du téléphone retentit et me permet très vite un retour à la réalité.

C'est en effet un appel d'Alexandre.

- Allô, Hope ?

J'acquiesce. J'avoue que je ne suis pas enchantée de cet appel, à première vue, mais attendons de voir quel est la raison de ce coup de téléphone ! Je me doute qu'il a un lien avec la brève rencontre de ce matin.

Mais c'est encore pleine de naïveté et d'espoir que je réponds.

- Hope, j'ai quelque chose à te dire : Eddy m'a dit que vous vous étiez croisés ce matin ?

Dans ma tête, une joie immense jaillit !

Je le savais, cette fois-ci c'est une vérité, c'est bien Eddy que j'ai rencontré, ce matin ! Quelle joie et quel cadeau de vie ! Mon cœur bat la chamade d'émotion ! Que de surprises l'existence m'offre ! Je suis comblée !

Malheureusement, ma joie est de courte durée ! En effet, Alexandre, toujours au téléphone, ajoute aussitôt :

- Hope, tu ne peux pas travailler là-bas. Eddy ne veut pas que tu travailles dans la même boîte que lui. Si tu acceptes cet emploi, il devra démissionner. Il ne peut pas. Il a un crédit à rembourser, des enfants à nourrir. Tu ne dois pas accepter. »

Je suis sous le choc. Moi qui viens tout juste de retrouver un emploi. Je vis seule avec mes quatre enfants ! J'ai besoin de ce travail ! Et puis pourquoi ne veut-il pas me voir ? Qu'ai-je fait, bon sang, pour mériter un tel rejet ? En quelques secondes, je me retrouve à terre, plongée dans une incompréhension soudaine. Qu'ai-je fait ? Il faut qu'on m'explique.

Mes arguments n'ont aucun poids. Je suis de trop. Je suis en trop. Je dois démissionner avant même d'avoir commencé. Parce qu'ici, je n'ai pas ma place. Ce sont Eddy et Alexandre qui l'ont décidé. C'est injuste, méchant et odieux, mais je sais que je ne fais pas le poids. Alexandre est clair et joue sur ma culpabilité pour me faire plier. La relation est malsaine. En voilà encore une preuve. Je rends les armes. Je n'ai plus le courage de continuer à me battre pour exister aux yeux de cette famille racines.

Je démissionne.

Je m'appelle Hope. Une porte se ferme, une autre s'ouvre.

Les semaines passent. Je rumine la situation. Des émotions inverses se coupent et se croisent. Je peux passer en une fraction de seconde de *l'auto-félicitation* à l'autodestruction ! Cette décision de couper les ponts est une torture psychologique, mais dans un coin de ma tête, je sais que je dois m'en tenir ce choix, ne pas regretter et viser le « beau » dont découlera mon avenir.

En navigant sur le net, je tombe sur une publication concernant une formation dans le secteur du social. Comme attirée, je lis, scrute et clique sur l'ensemble des infos données. Plus j'avance et plus cette formation m'attire et me parle. Lorsque j'avais dix-huit ans, je rêvais de devenir éducatrice spécialisée.

Durant des années, rappelez-vous, ce sont des éducateurs qui m'ont réappris le verbe *vivre*. Rendre ce que j'avais eu la chance de recevoir était une évidence. Alors tout juste majeur, des bagages de vie plein la tête, je m'étais inscrite pour passer les sélections de cette profession qui me faisait tant rêver. Les écrits avaient été réussis facilement, mais l'oral s'était révélé plus difficile que je ne le pensais. En somme, j'avais volontairement caché dans mon parcours mon passage en ITEP. La faille avait été vite perçue par les professionnels de cet entretien. *Échec et mat.* J'étais non admissible. Mais cette fois-ci, les choses étaient différentes. L'âge déjà ! Un parcours de vie plus riche mais aussi et surtout quasiment réglé intérieurement. Bref, la chance était de mon côté et j'allais en profiter.

Rêver sa vie et vivre ses rêves : ma devise, éternellement.

Les épreuves passées, je me souviens encore de mon stress en ouvrant le courrier fatidique qui m'annonçait mon acceptation, ou non, à cette formation !

Vingt sur vingt au résultat de l'entretien.

Je crois que je suis acceptée !

Ça y est, mon rêve peut enfin commencer !

Durant cette formation, rien ne va être simple. Il faut d'abord que je me replonge dans les études, que je chasse tous les démons de ma scolarité passée, que je me dise que je suis capable et que je fasse confiance à ma bonne étoile. Et puis il y a mes enfants. Même « grands », ils ont besoin de leur maman. Il y a aussi la neurofibromatose de mon troisième, une maladie génétique évolutive et sans traitement qui nécessite une présence plus accrue, que ce soit au quotidien ou lors des différents accompagnements aux rendez-vous médicaux. Bref, rien n'est simple, *mais* tout est possible !

Je m'appelle Hope. Plusieurs vies en une seule !

Plusieurs vies en une seule, serait-ce ça, le secret du bonheur ?

Pour moi, c'est une certitude !

Ma formation finie, le diplôme en poche, je peux enfin transmettre ce qui m'a été transmis par tous ces adultes aimants et bienveillants qui ont croisé mon chemin, et avant tout mes parents, Chantal et Jacques.

Grâce à eux et grâce aussi à Marie, Gabrielle, Jean-Marie, Anne-Marie, Éric, Yvan et Michel, j'ai appris ce qu'était vivre, aimer, s'aimer, mais aussi les mots *persévérer*, *croire*, *espérer*, et *ne jamais rien lâcher*.

La boucle est bouclée !

Ainsi se termine ce livre, une histoire de vie.

Par ces quelques pages, j'ai voulu partager avec vous tous ces moments qui ont été les miens. Parce qu'ils sont beaux, même dans les périodes les plus difficiles. Parce qu'ils ont fait de moi ce que j'ai été et ce que je suis aujourd'hui. Un caractère bien trempé, il paraît, un entêtement qui rivalise avec celui d'un âne (coïncidence, c'est mon animal préféré !) et un amour de la vie qui me fait rêver de devenir éternelle.

Ce livre, je l'ai au départ pensé durant des mois entiers. Puis doucement rêvé et enfin réalisé. Par lui j'ai voulu mettre en avant l'amour de la vie, l'espoir que rien n'est impossible et que tout arrive lorsqu'on accepte enfin de lâcher prise en laissant venir les évènements tels qu'ils se présentent.

Avec ces lignes, j'ai voulu partager le bonheur de vivre, le cadeau d'être en vie et celui, si riche, de créer le positif quelle que soit la situation que l'on vit.

Je m'appelle Hope.
La vie vaut la peine d'être vécue à mille pour cent !

Place aux remerciements !

Ce livre n'aurait jamais existé sans vous tous qui avez ponctué ma vie de mille couleurs.

Merci à chacun de vous.

Un merci infini et éternel à vous, papa et maman, qui depuis mes quatre mois, êtes là, toujours là, infiniment là. Vous êtes les meilleurs des parents et les plus incroyables des grands-parents. Mes piliers, mon épaule solide, ma bouée de sauvetage, mon étoile éternelle. Sans vous le soleil n'aurait jamais autant brillé dans ma vie. Je vous aime d'un amour lui aussi infini et bien plus encore.

Un merci éternel à vous mes éducateurs de vie. À toi, Marie, et à vous, Gabrielle, Jean-Marie, Michel, Anne-Marie, Éric et Yvan. Je vous dois tellement. .

Merci Marie pour ta présence sur la préface. Une symbolique touchante à laquelle je tenais profondément.

Un merci à vous, mes cousines et cousins :

Anne-Sophie, Caroline, Blandine, Isabelle, Sandrine, Frédéric, Fabrice, Delphine, Alexia, Adeline, Albrice, Marie, Fanny, Isabelle, Benoit, Nicolas, Amandine, Aurélie, Thomas, Violaine , qui savez être là avec une si précieuse bienveillance.

Mais aussi à vous, Chantal, Claude, Solange, Pierre, Joëlle, Jean-Loup, Roger, Christiane Philipe, Sylvie, Michel et Laurence, oncles et tantes tout aussi précieux.

Merci à mes quatre grands-parents merveilleux et en particulier, à toi grand-père, journaliste et écrivain.

Un merci à toi, mon pépé. Les mots me manquent pour te dire combien ces quelques semaines de présence auprès de toi m'ont touchée.

À toi, ma Nanine, pour ta présence si précieuse. Nous n'avons pas eu le temps de nous dire au revoir, mais je sais que, de là-haut, tu veilles sur moi comme tu l'as toujours fait. Vous faites partie de mes belles étoiles.

Merci à toi, ma Mam, pour ce cadeau inestimable que tu m'as offert : la vie. Cette vie dont je suis folle amoureuse et qui n'aurait pu exister sans ta décision de me garder.

Merci à vous, parents de Sylvie, qui par cet acte d'abandon forcé m'avez offert le cadeau incroyable de parents inégalables, et une histoire de vie magnifique.

Merci à Lou Vernet qui, depuis plus de deux ans, assure une présence constructrice et si bienveillante concernant la réalisation de ce livre. Sans elle, rien n'aurait pu exister. Un soutien de tous les instants qui m'a permis, au fil du temps, de grandir et de mûrir au sein de ma propre histoire. Merci, Lou.

Merci à ma correctrice « Sophie » pour sa patience lors des corrections successives.

Merci à Aurélia mon illustratrice incroyable et pleine de talents. A Laetitia pour sa patience et son soutien.

Merci à vous : Emmanuelle, Christine, Estelle, la communauté religieuse de Don-Bosco pour ces modèles d'hommes et de femmes que vous avez été dans mon histoire.

Je garde le merci final pour mes enfants, Thomas, Rémi, Mathieu, Clément et notre petite étoile Amandine.

Ce livre je l'ai voulu pour moi, mais aussi pour vous, car c'est en connaissant le passé que l'on construit l'avenir. Vous êtes l'avenir. Rappelez-vous toujours que tout est possible dès lors que l'on y croit.

N'oubliez jamais de rêver, de rire et d'aimer à l'infini. Restez toujours soudés sans jamais oublier un seul d'entre vous. Soyez éternellement fiers de vous comme je le suis infiniment et faites de vos rêves votre réalité. Je vous aime jusqu'aux étoiles et bien plus haut encore.

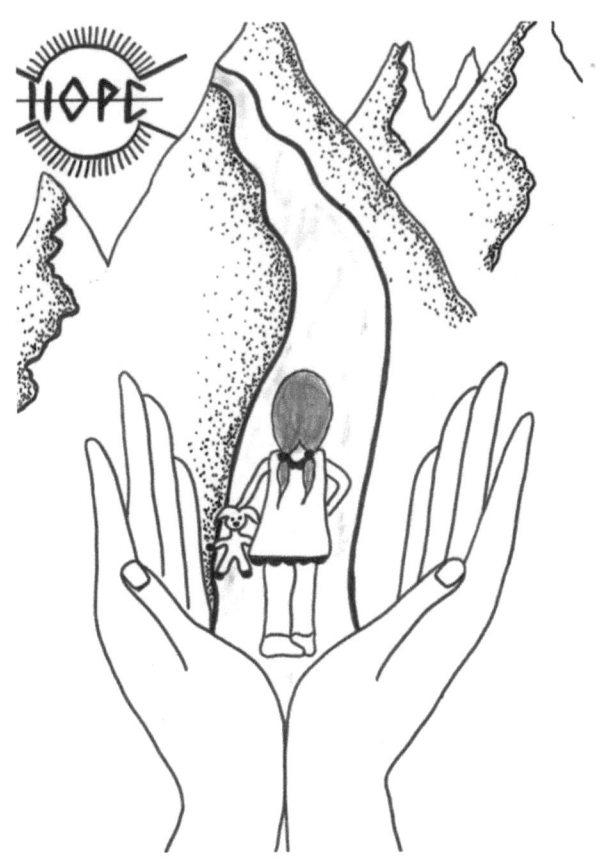